陰曆

1月

16日

김이삭

배명은

이규락

전효원

오승현

귀신날 호러 단편선

귀신이 오는 낮

심수일기	7
할머니의 장례식	43
풍등	85
곱슬머리 송유진	125
KILL, HEEL	157

심수일기 尋繡日記

김이삭

정월 초하루

 새벽에 제를 올리고 입궐하였는데 사알이 비밀리에 구두 전갈로 명을 전했다. 새해 문안인 조하(朝賀)를 올리지 말고 희정당에서 대기하고 있으라는 명이었다. 이에 법궁에서 나와 이궁으로 갔더니 별감 한 명이 조심스레 다가와 봉투 하나를 건네주었다. 봉투 겉면에는 "도신문외개탁(到新門外開坼)"이라고 적혀 있었다. 나는 그제야 어찌 된 일인지를 알 수 있었다. 봉서(封書)*로구나. 그렇다면 이를 전해준 별감은 봉서무감일 터였다. 가슴이 뛰었다. 이리 비밀스레 전해주는 봉서라면, 틀림없이 암행이었다. 암행어사라니. 삼년상을 마치고 돌아와 교서관 저작이 된 이에게는 가당치 않은 자리였다. 혹시 상(上, 임금)께서도 그 일을 알고 계셨던 걸지도 모른다고, 망모가 어찌 돌아가셨는지를 알고 계시는 걸지도 모른다고 생각했었다. 봉서를 공손히 소

---

* 임금이 내리던 사서(私書). 암행어사는 공식 문서가 아닌 개인 편지 형식인 봉서를 통해 임명되었다.

매 안에 넣고는 상이 계신 방향으로 절을 올렸다.

소매 안에 담긴 임무가 막중하니 집에 기별을 넣을 수도 없었다. 나는 곧장 신문(新門, 돈의문)으로 나갔고 사람이 오가지 않는 한적한 숲길에서 봉투를 열어 보았다. 봉서에는 평안도 암행어사로 나갈 것을, 그곳에서 어떤 일을 해야 하는지가 적혀 있었다. 심수. 비단** 찾기라. 그것이 이번 임무의 이름이었다. 흥분으로 뜨겁게 뛰던 가슴이 서늘하게 식는 듯하였다. 혹시나 하던 기대도 물거품이 되어 사라졌다. 이내 마음을 다잡으며 봉서를 품 안에 넣었다. 그런 뒤에는 여전히 묵직한 봉투 안을 살펴보았다. 공사(公事)에 관한 규칙이 소상히 적힌 사목책과 역참에서 말을 빌릴 때 쓰는 마패 하나 그리고 길이를 재는 도구인 유척 두 개가 들어 있었다.

그때 뒤에서 부스럭거리는 소리가 들렸다. 말발굽 소리와 함께 말이 콧김을 내뿜는 소리도. 숲에 아무도 없었던 게 아니었다. 서둘러 봉투를 소매 안에 넣고는 아무 일도 없는 척 시치미를 떼었다. 곧이어 누군가 길로 들어서며 모습을 드러냈다. 사람 두 명과 말 한 필. 그런데 한 명은 얼굴이 익숙했다. 봉서를 전해 줬던 봉서무감이었다. 다른 이도 액정서 사람일 게 분명했다. 일부러 몸을 숨긴 채 나를 지

** 수(繡, 비단)는 암행어사를 은유하는 말이다. 평범해 보이는 겉옷 아래 비단옷을 입고 있는 존재이기 때문이다.

켜보고 있었던 게다. 암행어사가 왕명을 제대로 수행하고 있는지를 감시하기 위해서. 그들은 나에게 말과 보따리를 내어주었다. 지체하지 말고 바로 떠나야 한다고, 누구도 알아채지 못하도록 극비리에 움직여야 한다고 하였다. 다른 암행어사와 달리 아전이나 관노, 역참의 마졸(馬卒)도 데려갈 수 없고, 마패도 될 수 있으면 쓰지 말라고 했다. 그것은 왕명이었고 성심이었다. 나는 고개를 끄덕이며 명을 받잡았다.

보따리 안에 들어 있던 해진 도포를 입고 망가진 갓을 썼다. 꼴을 잔뜩 실은 관단마(款段馬, 걸음이 느린 조랑말)에 올라서는 구불구불 돌아가며 서쪽 지방으로 갔다. 다행히 길에서 아는 얼굴을 만나지 않았다. 사실 아는 이도 거의 없었다. 다른 가문 사람은 알지도 못하였고, 가문 내에서도 빈번히 교류하는 이가 없었다. 과거에 급제한 후 승문원 권지로 지내며 실무를 잠시 익히다가 곧 상을 당해 자리에서 물러났다. 탈상 후 상경한 지도 이제 닷새였다. 그래서 아는 이가 별로 없었다. 그러니 상께서 청요직 관리가 아닌 교서관 저작인 나를 택하신 데에는, 그럴 만한 뜻이 있을 것이다. 누구도 알아채지 못하도록 비밀리에 이번 일을 완수하라는 깊은 뜻이…. 이번 일을 제대로 해낸다면, 어쩌면 망모의 억울함을 풀 수 있도록 힘을 보태 주실지 모른다.

보따리 안에 있던 떡으로 허기를 달랜 뒤 쉬지 않고 이동했다. 따스하게 비치던 햇빛이 어느새 다른 빛을 띠기 시작했다. 곧이어 핏빛처럼 붉어진 하늘빛이 땅에 내려앉았다. 벌써 황혼이었다. 동지가 지나면서 해가 점점 길어지기는 하였으나 아직은 한겨울이었다. 겨울의 밤은 품을 파고드는 바람처럼 빨랐고, 도저히 피할 수가 없었다. 파주에서 묵으려고 하였으나 미처 미치지 못하였다. 어쩔 수 없이 주변 시골 마을에서 유숙해야 했다. 마을에 들어선 나는 문밖으로 나온 사람들이 머리카락을 태우는 모습을 보게 되었다. 이는 정월 초하루의 풍습이었다. 한 해 동안 빗질하다가 떨어진 머리카락을 모아났다가 정월 초하루 저녁에 태우는 풍습. 사람들은 머리카락 타는 냄새가 집안귀신을 쫓아 줄 거라고 믿었다. 가문의 노복이 내가 모아 놓은 머리카락도 태워 줬을까? 이럴 줄 알았으면 같이 태워 달라고 언질이라도 남겼을 것을. 평소에는 신경도 쓰지 않는 풍습이었는데 신경이 쓰였다.

하룻밤 묵어가게 해 달라는 부탁에 집주인은 마지못해 나를 받아 주었다. 정초부터 손님을 내쫓을 수는 없었기 때문이었다. 한기를 겨우 면한 잠자리를 얻은 뒤 나는 자리에 앉아 앞으로의 일을 고민해 보았다. 이번 일을 어찌 해내야 할지. 그 일은 어찌해야 할지. 일단은 하루에 있었던 일을 밤마다 상세히 적기로 하였다. 임무를 끝내면 관리들의 잘잘못을 상세히 적은 서계(書啓)와 직접 보고 들은 실정을 보고하는 별단(別單)을 작성해야 하니까. 지금 쓰는 일기가 도움이 될 것이다.

금일은 육십 리를 갔다.

정월 초이틀

아침 일찍 출발하였다. 가는 길에 화석정에 잠시 들렀다. 이이의 조상이 짓고, 이이의 증조부가 보수하였으며 이이가 중수하였다는 이 정자는 나라에 난이 났을 때 제 몸을 불태우며 왕의 길을 비춰 주었다. 그렇게 사라진 정자를 이이의 증손이 다시 세웠다. 후손으로서 끊어진 맥을 다시 이었다. 나 또한 그리해야 할 것이다. 정자에 올라 산 아래를 내려다보았다. 큰 강과 늙은 전나무는 정자의 수백 년 역사를 지켜본 산증인이었다.

장단에서 늦은 점심을 먹었다. 해가 지고 밤이 되자 개성을 지나게 되었다. 성곽과 인민이 매우 번성하여 밤인데도 활기가 느껴졌다. 그러고 보니 종일 여인을 보지 못하였다. 거리에 나선 이들은 모두 남인이었다. 잠시 생각을 해 보니 금일은 상유일(上酉日)이었다. 정초십이지일 중 원숭이날. 바느질이나 길쌈을 하면 손이 닭의 발처럼 변한다고 하여 부녀자들이 일을 하지 않는 날이었다. 또한 여인이 남의 집에 가면 그 집의 닭이 잘 자라지 않는다고 하였다. 그래서 거리에서 여인을 볼 수 없나 보다. 참으로 그리되는지는 알 수 없으나 이를 핑계로 하루쯤 쉬는 것도 나쁘지는 않을 것이다. 망모도 이날만큼은 쉴 수 있다며 기뻐하셨다. 돌아가신 모친을 생각하자 코끝이 찡해지고, 화기가 치밀었다. 개성 남문 밖의 곧은 길을 따라 미륵당에 도달하여 묵었다.

금일은 백십 리를 갔다.

정월 초사흘

아침 일찍 출발하여 금천에서 점심을 먹었다. 이곳에는 버드나무가 많았고, 낭떠러지가 깎은 듯 서 있었다. 겨울이 아니었다면 푸르른 모습이었을 것이다. 앞에 있는 큰 내는 얼어 있었다. 소한의 얼음이 대한에 녹는다더니. 이곳은 좀 더 북쪽이라 아직인가 보다. 평산을 지난 뒤 저녁에 남천에서 묵었다.

금일도 백이십 리를 갔다.

정월 초나흘

평안도 끝에 있는 양덕 쪽으로 길을 잡았다. 아침 일찍 출발해 곡산 쪽 길을 따라 걷다가 가리탄에 있는 한 주막에서 잠시 쉬었다. 주인 노인이 술을 가져다주며 이런저런 이야기를 했다. 지난해 가을에 암행어사가 지나갔다고 했다. 암행은 비밀리에 다니는 것인데 암행어사가 지나간 것을 어찌 알았을까. 어사가 출도해 봉고(封庫)했냐고 물었다. 노인은 그전에 알았다고 했다. 어사가 암행하러 온다는 소문을 미리 들었다고. 어사가 자기 모습을 드러내는 출도도 하지 않았는데 주막에 있는 노인조차 어사 행차에 관한 소식을 알고 있었다니. 그렇다면 관가와 아전도 암행어사의 존재와 경로를, 어쩌면 맡은 임무도 알고 있었을지 모른다. 어사가합인(御使可合人, 어사후보자)이 정해졌을 때부터 사람을 붙여서 미행했거나 아예 접선해서 매수하였겠지.

상께서 어찌하여 청요직에 있지 않은 나를 택하셨는지, 수행하는 이를 단 한 명도 붙여 주지 않으셨는지 알 것 같았다. 그래야 누구도 알아차리지 못할 테니까. 본래 어사가합인은 청요직 관리 중에서 선별하기 마련이었다. 교서관 저작이 암행어사가 되었다는 걸 그들이 어찌 알겠는가. 기어코 알게 될지라도 이미 늦었을 터였다. 그런데 노인이 농을 던졌다. 지금이 지난해 가을이었다면, 틀림없이 내가 어사라고 생각했을 거라고. 순간 뜨끔했던 나는 속내를 감춘 뒤 껄껄 웃으며 술을 마셨다.

생각해 보니 노인의 말이 맞았다. 변변찮은 의복이라 할지라도 사족임이 분명해 보이는 이가 말을 타고 외지를 떠도는 게 아닌가. 누가 봐도 의심스러웠다. 그러니 새로 방도를 찾아야 했다. 누구도 내가 암행을 나온 어사라고 생각하지 않도록, 모두의 눈을 속일 방도를. 이 정도 변장은 전임 암행어사도 했을 테니까. 다만 그 방도가 무엇인지는 아직은 알 수 없었다.

다시 말을 타고 길을 떠났다. 춘궁기가 오지 않았는데도 굶주림이 심하여 구걸하는 이들이 많았다. 주민들의 낯빛도 좋지는 않았다. 신연포에서 점심을 먹고 신계현을 지났다. 풍경이 빼어나게 아름다운 곳이었다. 그러나 아름다운 경치도 유민(流民)과 기민(飢民)에게는 아무런 의미가 없을 것이다. 참으로 안타까운 일이었다. 저녁에 신곡원에서 묵었다.

금일은 백 리를 갔다.

정월 초닷새

닭이 울 때 출발해 곡산에서 점심을 먹었다. 곡산과 양덕 사이에는 평안도와 황해도의 경계가 있었다. 조금만 더 가면 평안도였다. 저녁에 문성강을 건넜고, 문성진 마을에서 묵었다. 골짜기와 강 그리고 산이 그림처럼 아름다운 곳이었다. 다만 물살이 매우 급해 물소리가 멀리까지 전해졌다. 객관 주인이 준 칡가루 국수를 배불리 먹은 뒤 주변 경치를 감상하려고 밖으로 나갔다. 그런데 밤 풍경이 얼룩덜룩하였다. 마을 곳곳에 도깨비불이 있는 것 같았다. 마을 사람들이 "쥐 주둥이 지지자, 쥐 주둥이 지지자."고 큰소리로 외치면서 횃불로 사방을 비추었다. 횃불이 다가가는 곳마다 어둠이 녹아 버리듯 흩어졌다. 횃불을 쥔 사람의 얼굴이 일렁이는 붉은 빛에 윤곽을 드러냈다. 어쩐지 안광을 번뜩이며 이쪽을 보는 듯했다. 가슴이 서늘해졌다. 급히 거처로 돌아갔다. 생각해 보니 금일은 상자일(上子日, 쥐날)이었다. 콩을 볶을 때 주문을 읊거나 밤에 방아를 찧는, 밭이나 논두렁에 불을 놓는 쥐불놀이를 하는 날이었다. 횃불을 휘두르면서 쥐의 주둥이를 지진다고 외치는 풍습도 있었던가. 지역마다 정초십이지일의 풍속이 다르다더니. 이곳의 풍습은 이러한가 보다.

금일은 팔십 리를 갔다.

정월 초엿새

아침 일찍 문성관을 떠나 명탄에서 점심을 먹었다. 사고개를 넘자 평안도와 황해도의 경계가 나왔다. 평안도 양덕현에 들어간 뒤 머물 곳을 찾아보았다. 그런데 거리에 사람이 별로 보이지 않았다. 왕래를 삼가는 상인일(上寅日, 범일)은 금일이 아니라 명일인데 어찌하여 사람이 보이지 않는 걸까. 그만큼 먹고살기가 힘든 거겠지. 정초의 떠들썩함은 찾아볼 수가 없었다.

굳게 닫힌 문을 두드려 길을 묻고는 객관을 찾아 안으로 들어갔다. 객관 주인은 이씨 성을 지닌 중군(中軍)이었다. 어쩌다 이곳까지 왔냐는 말에 친척을 찾아뵈려 한다고 했다. 망모의 삼년상을 이제 막 끝내서 인사를 드리려고 한다고. 상을 끝냈다는 말만큼은 확실히 거짓이 아니었기에 아주 자연스럽게 소리로 뱉어 낼 수 있었다. 그러자 객관 주인은 눈을 가늘게 뜨면서 나를 훑어보았다. 의심하는 듯한 눈초리였다. 나는 입을 다물었다. 괜히 제 발이 저려서 해명을 늘어놓다가는 의구심만 더해 줄 테니까.

보따리를 풀고 자리에 앉은 나는 작일에 했던 고민을 이어갔다. 앞으로는 조심 또 조심해야 했다. 평안도에 있는 객관 대다수는 주인이 장교나 아전이기 때문이었다. 단 하룻밤 때문에 신분이 탄로 날 수 있었다. 방도가 필요했다. 암행어사를 구분하는 데에 도가 튼 장교와 아전도 능히 속일 수 있는, 그런 방도가. 그런데 그런 방도를 대체 어디서 찾는단 말인가.

금일은 백십 리를 갔다.

정월 초이레

일찍 출발하였다. 원창에 도착했을 때 미리 싸 온 주먹밥으로 끼니를 해결했다. 아침부터 사람을 볼 수 없었다. 분명 대낮에 볕을 쬐며 이동하는데, 늦은 밤 어둠을 헤치며 홀로 걷는 듯한 기분이었다. 한참을 걸으며 생각해 보니 사람이 없을 만도 하였다. 금일은 상인일이자 사람날(人日)이었다. 상인일은 정초십이지일 중 범날을 말했는데 호환을 당하거나 창귀가 달라붙을 수 있다고 여겨 왕래를 삼가는 것이 풍습이었다. 특히 부녀자들은 아예 밖으로 나가지 않았다. 사람날도 상인일과 풍습이 비슷하였다. 절대 위험한 일을 하지 말아야 했고 쉬어야 했으며 집에만 머물러야 했다.

상인일이 정초의 첫 인일이라면, 사람날은 지역마다 달랐다. 어느 지역에서는 상인일이 사람날이었고, 어느 지역에서는 상신일이 사람날이었다. 내 고향에서는 정월 초이렛날이 사람날이었다. 다행히 금년은 정월 초이레가 상인날이라 많은 지역의 사람들이 같은 풍습으로 하루를 보내고 있을 것이다. 그런데 참으로 이상하지 않은가. 사람날에도 나가지 말아야 하고, 정월 열엿새인 귀신날에도 나가지 말아야 한다니. 그렇다면 사람은 대체 언제 나갈 수 있단 말인가. 아마도 이러한 풍습들은 일이 적은 농한기에 모두가 쉴 수 있도록, 조상님들이 고민 끝에 만들어 냈을 대책일 것이다.

서창에서 저녁으로 주먹밥을 먹었다. 아침에 싸 온 주먹밥이었다. 날이 추운 데다가 밥까지 차가워 밥이 목 안으로 잘 넘어가지 않았다. 따로 유숙할 곳을 찾지는 않았다. 금일은 적당한 곳에서 노숙할 생각이었다. 사람날의 풍습 중 하나가 다른 이의 집에서 잠을 자지 않는 것이기 때문이었다. 간곡히 부탁하면 재워야 주겠지만, 사람들은 이날 손님을 집에 재우면 일 년 내내 불길한 일이 생긴다고 믿었다. 이곳은 평안도라 내 고향과 풍습이 다를 수도 있지만, 괜히 다른 이의 마음에 짐을 얹으면서까지 폐를 끼치고 싶지는 않았다. 또 평소와 달리 날이 포근하였다.

이 일대는 창고 마을이라고 하여 서창(西倉), 가창(椵倉) 등으로 불리었는데, 평안도와 함경도를 이어 주는 큰 길이 이곳에 있었다. 바람을 피할 곳을 찾으려고 주변을 살피다가 길섶에 있는 오래된 단칸 가옥을 발견하였다. 산 밑에 있는 걸 보면 사냥꾼이 쓰던 곳일 수도 있고, 내부에 커다란 상이 있는 걸 보면 사당이나 절일 수도 있었다. 어찌 되었든 아주 오랫동안 방치되어 있던 곳이었다. 나는 일기를 쓰는 것도 잊은 채 단잠에 빠져들었다.

한밤중에 누군가가 나를 깨웠다. 놀랍게도 어린 여아였다. 이런 데서 자면 얼어 죽는다고, 악몽을 꿀 거라고도 했다. 훈계라도 하는 듯한 모습에 잠에서 막 깨어 정신이 없으면서도 웃음이 나왔다. 그리고 보니 망모의 고향에서는 사람날을 악몽일(惡夢日)이라고 부른다고 하였다. 나를 일깨우듯 진지하게 말하는 아이의 모습에 나는 돌아가신 모친을 떠올렸다. 마지못해 자리에서 일어나서는 아이에게 고마움을 전했다. 작게 불을 피웠더니 아이가 옆에 앉았다. 작은 두 손을 말없이 뻗으며 모닥불을 쬐었다. 늦은 밤이었다. 이만 집으로 돌아가라고 하자 아이는 집이 없다고 하였다. 가족도 저세상에 있다고. 아이는 홀로 떠도는 유민이었다. 나는 보따리에서 마지막 주먹밥을 꺼내 아이에게 주었다. 아이는 불 옆에 앉아 천천히 주먹밥을 먹었다. 신분을 드러낼 수 없는 상황만 아니었다면 어진 현감을 찾아가 아이를 부탁하였을 터인데. 좋은 사람을 찾아서 입양이라도 보내 주었을 터인데. 그럴 수 없다는 게 참으로 안타까웠다. 그러다가 며칠이나 고민했던 방도가 제 발로 나를 찾아왔다는 걸 깨달았다. 다른 사람들의 눈을 제대로 속일 수 있는 방도였다. 꾸벅꾸벅 조는 아이를 모닥불 옆에 눕힌 뒤 여벌 옷을 덮어 주었다. 그런 뒤에 일기를 쓴다.

금일은 팔십 리를 갔다.

정월 초여드레

아이에게 며칠간 동행을 해 달라고 부탁했다. 남들 앞에서 아비인 척해 달라고. 총명한 아이는 대신 자기에게 무엇을 해 줄 수 있냐고 물었다. 따뜻한 잠자리와 맛있는 음식 그리고 언젠가는 좋은 가족을 찾아 주겠다고 했다. 아이는 흔쾌히 승낙하면서도 다른 가족이 필요 없다고 했다. 그리 말하며 웃는 아이의 얼굴이 어쩐지 쓸쓸해 보였다. 힘든 경험은 아이의 몸과 마음을 다르게 자라도록 만드는 모양이었다. 아이에게 혹시 아명이 있냐고 물어보았다. 아이는 답을 하지 않았다. 하긴, 사족도 아닌 아이에게, 유민이 되어 버린 아이에게 아명이 있을 리 없었다. 누구나 이름으로 불렀겠지. 그런데 아이는 잠시 무언가를 생각하더니 자기를 성아(星兒)라고 불러 달라고 하였다. 성아. 가슴이 먹먹해졌다. 성아는 망모의 아명이었다. 어쩌면 이것도 인연이겠지. 망모의 삼년상을 치르자마자 망모의 아명을 이름으로 가진 아이를 만나게 되는 것이, 어찌 인연이 아닐 수 있겠는가. 나는 아이의 몸에 여벌 옷을 둘러 주어 찬 바람을 막고는 말 위에 앉혔다. 말고삐를 천천히 끌며 일찍 길을 나섰다.

햇귀가 찾아올 때가 지났는데도 천지가 어두웠다. 눈이라도 오려는 걸까. 작일과는 달리 금일은 사람이 좀 많았다. 다만 길에서 여인이 보이지 않았다. 금일이 상묘일(上卯日, 토끼날)이라 그럴 것이다. 이날에는 여인들이 남의 집에 일찍 출입하지 않는 게 풍습이었다. 가창에서 점심을 먹은 뒤 다시 길을 떠났다. 창고 마을은 큰 길목이 있는 지역답게 화물이 산처럼 쌓였고, 마을에 사는 이들도 살림살이가 넉넉하였다. 산골짜기라고 할지라도 큰 도회라고 할 만하였다. 기와집 문돌쩌귀에는 청색으로 물들인 명주실이 매어져 있었고, 길을 지나가는 사람의 팔이나 옷고름에서도 청색 명주실을 쉬이 발견할 수 있었다. 명(命)이 길어지기를 바라는 사람들의 바람을 담은 풍습이었다. 또 이날에는 부녀자들이 옷을 짓거나 베를 짜기도 했다.

어느 초가집을 지나다가 물레질 도는 소리를 들었다. 나는 그 집에 잠시 들러 깨끗한 아이 옷을 살 수 있겠냐고 물어보았다. 방문이 열리고, 어떤 여인 한 명이 고개를 내밀었다. 나는 값을 치른 뒤 여인에게 부탁해 성아의 옷을 갈아입혔다. 깨끗하게 단장하고 나온 성아는 더는 유민처럼 보이지 않았다. 나와 함께 다닌다면, 가난한 사족 아이처럼 보일 것이다. 여인에게 감사를 표한 뒤 초가집을 나서려는데, 도로 닫히는 문 사이로 방 안에 있는 무언가를 본 것 같았다. 여인은 하얀 명주실을 짜고 있던 게 아니었다. 검은 무언가였다. 검고 가느다란 머리카락이었다. 틀림없이 내가 잘못 본 걸 거다. 피로가 쌓여 헛것이 보였겠지.

저녁에는 구암에서 묵었다. 이곳은 성천 땅이었다.

금일은 아흔다섯 리를 갔다.

정월 초아흐레

닭이 울기도 전에 집을 나섰다. 금일도 날이 어두웠다. 농가를 지나는데 어떤 여인이 항아리를 든 채 서둘러 발걸음을 옮기는 게 보였다. 발걸음 끝이 우물에 닿았다. 그런데 우물 안을 잠시 들여다본 여인이 곧장 다른 곳으로 가버렸다. 어찌하여 우물물을 뜨지 않는 걸까. 우물이 마르기라도 한 것인가. 그러자 성아가 저건 '용알뜨기'라고 하였다. 상진일(上辰日, 용날) 전날 밤에 용이 우물로 내려와 알을 낳는다고, 알을 낳은 물을 제일 먼저 길어다가 밥을 지으면 한 해 동안 운수가 좋고, 농작물 수확도 많다고 했다. 그런 풍습을 들어본 적이 있는 듯한데, 정월 대보름의 풍습이 아니었던가? 그렇다면 누가 용알을 떠 갔다는 걸 무슨 수로 알 수 있냐고 물었다. 물은 물일 뿐이라 흔적이 없을 터인데 말이다. 조금 전 여인이 물을 잠시 들여다보다가 떠난 걸 보면 단서가 있었던 게 분명했다. 성아는 곧 내 의문을 풀어 주었다. 제일 먼저 물을 뜬 사람이 우물에 지푸라기를 띄운다고 했다. 우물에 지푸라기가 있으면 누군가가 이미 뜬 거라고. 참으로 흥미로운 풍습이었다. 나는 성아의 만류에도 불구하고 우물에 다가갔고 그 안을 내려다보았다. 그런 뒤에는, 곧 정신을 잃었다.

깨어나자 늦은 오후가 되어 있었다. 옆에 앉아 날 지키고 있던 성아는 아무래도 내가 극심히 피로했던 것 같다고, 금일만큼은 휴식을 취하는 게 좋을 것 같다고 했다. 맞는 말이었다. 지쳐 있었던 게 분명했다. 그러나 지금은 쉴 수 없었다.

급히 달려서 성천에 도착하였다. 객사에서 짐을 푼 뒤에 성아와 배불리 저녁을 먹었다. 성천의 객사는 다른 고을의 객사와 비교할 수 없을 정도로 뛰어났다. 우리가 머문 곳은 객사 본채인 동명관이었는데, 동명관에 있는 누각만 해도 그 규모가 서른한 칸에 달하였다. 그곳의 가장 싼 방에서 머물렀다. 가난한 사족이 머물기에 적당한 곳이었다. 갑

작스레 죽었다는 전임 암행어사도 아마 이 방에 머물렀을 것이다. 그러나 이번에는 누구도 나를 의심스레 보지 않았다. 내게 눈길도 주지 않았다. 아이와 함께 왔기 때문이었다. 내 선택이 옳았던 게다.

성아가 잠든 뒤에 일기를 쓴다. 잠이 오지 않는다. 정신을 잃기 전의 광경이 뇌리를 떠나지 않았다. 우물 안에는 지푸라기가 아닌 다른 게 부유하고 있었다. 검은 머리카락이었다. 수면을 부유하던 검은 머리카락이 한곳에 모였다가 흩어지고 다시 모였다. 그리고 다시 흩어졌을 때 물속에는 두 눈이 있었다. 핏발이 선 검은 눈이. 그것과 시선이 마주치는 순간 나는 정신을 잃었다. 깨어나자마자 다시 우물 안을 내려다보았지만, 그곳에는 아무것도 없었다. 검은 머리카락도, 두 눈도. 심지어는 지푸라기도 없었다.

금일은 열다섯 리를 갔다.

정월 초열흘

잿빛 눈이 내렸다. 어디서 불이 나기라도 했던 걸까. 재와 뒤섞였는지 눈이 검었다. 일찍 나섰지만, 쌓인 눈으로 인해 출발이 늦어졌다. 저녁에 강동에 이르렀다. 산수가 적막했고, 마을은 빗살처럼 늘어서 있었다. 대동강으로 흘러드는 수정천의 범람을 막기 위해 높이 쌓은 둑에는 가지를 드리운 버드나무가 줄지어 자라 있었다. 날이 어두워서 그런지 버드나무 가지조차 검게 보였다. 바람이 불 때마다 머리카락 한 올 한 올이 움직이듯 가지가 이리저리 흔들렸다. 금일은 상사일(上巳日, 뱀날)이라 사람들이 머리카락을 빗거나 깎지 않았다. 그렇게 하면 집에 뱀이 들어온다고 믿었기 때문이었다. 객사 안 사람들이 묵은 새끼줄을 구석구석 끌고 다니면서 "뱀 친다, 뱀 친다." 외쳤다. 그 소리에 반응이라도 하듯 버드나무 가지가 술렁였다. 참으로 기이한 광경이었다. 그러나 어린 성아까지 불안하게 만들 수는 없었기에 두려운 마음을 숨기며 내색하지 않았다.

금일은 오십 리를 갔다.

정월 열하루

일찍 출발하여 삼등에서 점심을 먹었다. 황학루에 올라 맑은 강물을 굽어보니 마음이 다 맑아졌다. 성아가 경치를 보고 크게 기뻐하였다. 망모도 돌아가시기 전에 팔도를 유람하며 산수를 보고 싶어 하셨다. 내가 불초하여 입신양명에만 힘쓴 나머지 그 원을 들어드리지 못하였다. 뒤늦게 후회해도 무슨 소용이 있으랴. 부모의 자식 걱정이 매번 일렀다면, 자식의 후회는 매번 늦었다. 저녁에 상원군에 닿았는데 들어가 묵을 곳이 없었다. 달팽이처럼 작은 집을 찾아가 하룻밤을 간절히 부탁하였다. 마침 주인은 메주로 장을 담그고 있었다. 주인은 내 말을 들은 척도 하지 않았지만, 어린 성아를 보더니 우리를 받아들여 주었다. 말린 콩을 보따리에서 꺼내 꼴과 함께 말에게 먹이고는 주인이 장을 담그는 모습을 구경하였다. 보통 장은 설 안에 담그기 마련이었는데, 미처 담그지 못한 모양이었다. 그럴 때는 상오일(上午日, 말날)에 장을 담갔다. 이때 장을 담그면 장이 말의 핏빛처럼 진하고 맛있다고 한다.

금일 백 리를 갔다.

정월 열이틀

정약용은 관찰사의 수입을 줄여야 한다고 하였다. 그의 말에 의하면 평안도 관찰사의 한 해 수입은 이십사 만 냥이었다. 절반이 공용(公用)이라고 쳐도 십이 만 냥이 넘었다. 쌀 한 석이 다섯 냥에 거래되니 이십사 만 냥은 실로 어마어마한 돈이었다. 그렇기에 이 자리는 주로 김 씨나 조 씨가 차지하였다. 정치적 힘이 있는 이들의 자리였다. 이들 중에는 위정을 잘하는 이도 있었고, 전혀 그렇지 않은 이도 있었지만, 쥐고 있는 힘이 비슷하였다. 그 힘이 위정 능력에서 나오는 게 아니라 조상이 이룬 가문에서 나오기 때문이었다. 전임 암행어사는 평안도 관찰사의 위정 능력을 알아보려다가 실종이 되었다고 했다. 마침 그 시기에 도적 떼가 극성을 부렸다고. 나는 그것이 우연한 변고였는지, 아니면 누군가의 수작이었는지를 알아내야 했다.

이른 아침에 길을 떠난 뒤 반천에서 점심을 먹었다. 서둘러 갔더니 곧 중화에 다다랐다. 이제껏 지나온 곳들은 모두 산골짜기에 있는 읍이었다. 아전이나 장교였던 객관 주인을 제외하고는 견문이 넓은 이가 별로 없었다. 그러나 이곳부터는 한성부와 의주를 이어 주는 서관대로로 가야 했다. 평범한 행인조차 내 수상함을 알아챌 수 있었다. 지나가던 역졸조차 성아가 탄 말을 보고는 청파역의 말이라는 걸 알아보았으니까. 캐묻는 역졸에게 놀란 성아가 큰 소리로 울음을 터뜨려서 빠르게 벗어날 수 있었다. 벗어나자마자 눈물을 그치는 걸 보니 일부러 그랬던 듯했다. 참으로 영특한 아이였다.

장림으로 바삐 나가자 멀리 평양성이 보였다. 누각은 하늘을 찌를 듯 높았고, 나루는 번잡했으며 커다란 배들이 강을 오갔다. 시야 끝까지 마을이 뻗어 있었으며 울창한 숲은 범람한 강물처럼 강을 따라 번져 있었다. 실로 장관이었다. 또한 이곳에는 감영이 있었다. 평안 감사가 머무르는 감영이. 주점 주인이나 객관 주인도 쉬이 알아볼 수 있는 암행어사가 바로 이곳에서 실종되었다. 객관 하나를 찾아 머물렀다.

금일은 백 리를 갔다.

정월 열사흘

성아와 함께 주변 경치를 구경하였다. 부벽루에도 오르고 영명사도 찾아가고, 나룻배에 올라 능라도도 가 보았다. 나는 사람들과 잡담을 나누면서 지난해 가을에 있었다는 도적에 대해 알아보았다. 평양성에 도적이 들끓는다는 소식이 당시 한성부에서도 크게 돌았다니 이곳에 대놓고 물어보아도 의심을 사지는 않을 터였다. 게다가 성아와 같이 있으니까. 아이를 데리고 있는 양육자는 본래 걱정이 많은 편이었다. 아직도 도적을 잡지 못했다면 어서 떠나야겠다고 말하자 객관 주인이 손을 내저으면서 걱정하지 말라고 답했다. 그런 소문을 들은 적이 있지만, 빠르게 잠잠해진 소문이라고. 실제로 도적을 만난 사람은 주변 사람 중에 본 적이 없다고. 아무래도 소문이 퍼지면서 다른 지역으로 도망간 것 같다고 했다. 소문이라. 이곳에서는 도적의 출현이 소식이 아닌 소문이었다. 대체 누가 불확실한 이야기를 확실한 정보로 뒤바꿔서 한성부로 전했을까. 그러한 이유는 무엇인가. 전임 암행어사의 행적을 좇고, 도적에 관한 소문의 근원지를 찾아봐야겠다. 그리고 그 내용을 글로 남겨야 했다. 최대한 자세하게. 그러나 객관에는 사람이 너무 많았다. 남모르게 문서를 작성할 수는 없을 듯했다.

고민 끝에 영명사로 숙소를 옮기기로 하였다. 그런데 성아가 밖에서 놀다가 가겠다고, 먼저 영명사로 가라면서 고

집을 부렸다. 평양부는 조선 팔도에서 한성부 다음가는 큰 성이었다. 성아도 따분한 절에 머물기보다는 밖을 구경하고 싶겠지. 그 마음도 이해는 되었다. 홀로 다니면 위험하지 않겠냐고 묻자, 성아는 웃으며 혼자가 아니라고 했다. 그러고는 어딘가로 달음박질했다. 멀리 아이들이 모여서 놀고 있었다. 또래와 같이 있다면 위험한 일은 없겠지. 골똘히 생각해 보니 성아가 옆에 계속 있는 것도 좋지는 않을 듯했다. 가끔은 홀로 염탐할 필요가 있을 테니까. 어느새 무리에 합류한 성아가 아이들을 데리고 어딘가로 사라졌다.

영명사로 가서 짐을 풀었다. 그런데 영명사 스님 중 한 명이 내게 다가와 말을 걸었다. 삿된 기운에 사로잡혀 헛것을 보고 헛소리를 들으니 다 믿어서는 안 된다고 했다. 영명사는 거승이 칠십 명 정도 되는 절이었다. 이런 스님이 있다면, 저런 스님도 있을 것이다. 그중에는 벽사 스님도 있을 터이고. 나는 스님의 말을 조금 다르게 새겨들었다. 한성부에서 들었던 말들은 믿을 수 없다. 이곳에서 들은 것과 본 것도 곧장 믿지는 말아야 한다. 끊임없이 경계해야 한다. 믿을 만하다고 할지라도 다른 이들을 통해 몇 번이나 확인하고 재차 검증해야 한다.

그래야만 이번 일을 제대로 해낼 수 있다.

명일부터 조사로 알아낸 바를 정리해 글로 남길 것이다.

일기에는 상세히 적지 않을 생각이다.

하늘이 붉게 물들었는데도 성아가 돌아오지 않았다.

성아를 찾으러 가야겠다.

성아를 찾으러 나갔다가 연광정에서 연회가 열린다는 소식을 들었다. 감사와 수령을 위한 연회였다. 대동문 누각에 올라 멀리 있는 연광정을 보았다. 기생의 노랫소리가 찬 바람을 타고 여기까지 전해졌다. 얼마 지나지 않아 감영 소속 군졸이 달려와서는 몽둥이를 휘둘렀다. 저기를 내려다보면 안 된다면서 호통을 치며 나를 내쫓았다. 어쩔 수 없이 누각 아래로 내려갔다. 성가퀴에 기댄 채 아래를 보는데 연회에서 빠져나온 어떤 이가 배를 타고 성으로 돌아오는 게 보였다. 그자는 성문을 지나기 직전에 잠시 고개를 들어 밤하늘을 보았다.

찰나의 순간이었지만, 나는 알아볼 수 있었다. 그자였다. 망모의 목숨을 앗아간 자. 모친께서 돌아가시던 밤에 스쳐 가듯 보았기에 자세히 기억하지는 못했지만, 그래서 용모파기도 그릴 수 없었지만, 분명 그자였다. 다시 보니 알아볼 수 있었다. 어쩌면 그때와 같았기에 알아볼 수 있는 걸 지도 모르겠다. 늦은 밤, 달빛 아래서이니까. 나는 기척을 숨기며 그자의 뒤를 따랐다. 그자는 술에 취한 듯 휘청거렸고, 노복의 부축을 받으며 감영으로 갔다. 아무리 기다려도 그는 감영에서 나오지 않았다. 무슨 정신으로 영명사로 돌아왔는지도 모르겠다. 방으로 돌아오니 성아는 홀로 자고 있었다.

정월 열나흘

　수소문 끝에 그자가 평안 감사의 숙부라는 걸 알게 되었다. 어이가 없어 웃음이 나왔다. 간인도 증거도 없었다. 단서라고는 희미한 기억뿐이었다. 그래서 나 자신을 닦달했었다. 그자를 기억해 내라고, 그래야 치죄할 수 있다고. 망모의 묘를 지키며 그 생각만 했었다. 그런데 누구인지 알아보았는데도 방법이 없다니. 이 기억 하나만으로 평안 감사의 숙부를 치죄할 수 있을까? 철산 같은 증좌가 있어도 쉽지 않은 싸움일 텐데? 그자는 평안 감사의 숙부, 아니, 평안 감사를 만들어 낼 수 있는 가문의 일원이지만, 나는 교서관 저작에 불과하다. 그리고 내 가문은 족보만 남은 사족이었다. 내가 급제하기 전까지 문중에는 음관도 한 명 없었다. 내게 힘을 보태주기는커녕 제일 먼저 내 입을 막으려고 할지도 몰랐다.

　전임 암행어사의 임무는 정확히 무엇이었을까. 봉서에는 암행어사가 평안 감사의 위정을 살피고자 파견되었다고 적혀 있었다. 실종되었다는 암행어사가 살해당한 거라면, 평안 감사가 그를 죽여서 자기 죄상을 덮으려고 했던 거라면, 그렇다면 이것은 큰 문제가 아닌가. 상께서 보내신 암행어사를 죽인 이상, 평안 감사는 이미 삼도천을 건넌 것이다. 그 가문 또한 크게 휘청일 것이다. 그러니 내게는 기회였다. 이것은 왕명을 수행하는 것 그 이상이었다. 망모를 위한 복수가 될 것이다.

단서를 찾아야 한다. 상께서 내리셨던 명대로, 비단을 찾아야 한다.

대체 무슨 수로? 간절함 때문인지 탐문도 쉽지 않았다. 또 다른 암행어사가 이곳에 왔다는 걸 들킬 수는 없으니 조심 또 조심해야 했다. 별다른 수확 없이 영명사로 돌아왔다. 달빛이 천지에 내려앉은 늦은 밤이었다. 방으로 돌아오니 성아는 홀로 자고 있었다.

정월 열닷새

동이 틀 때 눈을 떴다. 방 안을 둘러보았지만, 성아가 보이지 않았다. 비구니 절이 아니라서 불편했던 건지 영명사에 온 뒤로 유독 밖에서만 지내려고 했다. 그러고 보니 잠결에 성아 목소리를 들었던 것 같기도 하다. 누군가를 만났다고, 틀림없이 보고 싶어 할 거라면서, 밤에 데려오겠다고 했다. 대체 누구를 만났다는 거지? 그럴 법한 대화는 아닌지라 실제로 있었던 일이 아니라 꿈을 꾸었던 것 같다.

영명사 밖으로 나가니 거리에 사람이 보이지 않았다. 아직은 이른 아침이니까. 지금쯤 찬 귀밝이술을 마시고, 부럼을 깨고 있을 것이다. 다른 이의 이름을 황급히 부르며 한 해의 더위를 팔기도 하겠지. 그리고 조금만 더 기다리면, 사람들이 나올 것이다. 대보름에는 이런저런 풍습이 있으니까. 특히 밤에는 다리(橋)를 밟으며 자기 다리(脚)가 튼튼해지기를 소원하고, 짚이나 솔잎, 나무를 모아서 쌓은 달집을 태운다. 어쩌면 그자도 밖으로 나올지 몰랐다.

잠시 영명사로 돌아와 일기를 쓴다. 종일 허탕을 친 줄 알았다. 그런데 누가 알았을까. 비단을 찾았다. 그것도 살아 있는 비단이었다. 잠결에 들었던 말이 진짜였다. 꿈을 꾸었던 게 아니었다. 늦은 밤 영명사로 돌아가는 나를 성아가 불러 세우더니 누군가에게 데려갔다. 전임 암행어사였다. 그분은 평안 감사와 그자의 가문이 저지른 죄에 관한 증거를 움켜쥔 채 몸을 숨기고 있었다. 그들이 암행어사의 정체와 행적마저 알았기에, 도적에게 당한 것처럼 꾸며서 종적을 감춰야 했었다고. 유민들을 통해 이곳 실정을 파악하면서 기회를 엿보고 있었다고 했다. 그리고 내가 그분의 기회였다. 사라진 비단을 찾기 위해 파견된 암행어사.

귀신날인 명일에 함께 출도하기로 했다.

나는 그들이 두려워하는 귀신이 되어 그들을 찾아갈 것이다.

정월 열엿새

 이른 아침 영명사에서 나왔다. 전에 말을 걸었던 스님이 외출을 만류하였다. 다른 날은 몰라도 오늘은 이승과 저승의 경계가 흐려지는 날이라고, 아주 작은 균열에도 문이 열리고, 따라온 귀신이 그 문을 지나 이승으로 넘어온다고 했다. 그러면서 요즘 무엇을 하고 있냐고, 이곳으로 데려왔다는 딸은 어디에 있는 거냐고, 딸이 있는 게 맞냐고 캐물었다. 나는 대충 얼버무리다가 바로 짐을 뺐다. 더는 이곳에 머무를 수 없었다. 누구도 믿지 말아야 했다. 저들 중에 평안 감사의 눈과 귀가 있을지도 모르니까.

 청요직에 있던 전임 암행어사마저 모두를 속이면서 몇 달이나 몸을 숨기지 않았던가. 사람들은 암행어사라는 말을 들을 때마다 봉고파직을 떠올리곤 하지만, 암행어사는 관가의 창고를 봉하는 봉고만 할 수 있을 뿐 누군가를 파직시킬 수 있는 권한이 없다. 상대가 평안 감사였다면 봉고도 쉽지 않았을 거다. 평안 감사의 가문이 가할 보복은 더더욱 감당할 수 없었을 터이고. 그러니 전임 암행어사도 도적에게 목숨을 잃은 듯 일을 꾸몄지. 그래야 멀리 계신 성상이 관심을 가질 테니까. 기만죄로 처벌받게 되더라도 성상의 의구심을 이용해야만 가능성이 있었다. 이제 암행어사는 하나가 아닌 둘이었고, 성심도 여기 머무른다. 해 볼 만한 싸움이었다. 아니, 내게는 하늘이 내려 준 기회였다. 낮이

밤으로 변하는 해 질 녘에 감영 앞에서 모이기로 하였다.

정월 열이레

　머리가 혼란스럽고, 생각이 정리되지 않는다. 그렇기에 내가 기억하는 것들을 글로 정리해 적고자 한다. 작일인 귀신날에 있었던 일을. 어쩌면 꿈일 수도 있는 그 일을.

　귀신날이라 거리에는 사람이 없었다. 외출을 삼가는 게 귀신날의 풍습이었다. 물론 다른 풍습도 있었다. 이날 사람들은 대문 밖에 목화씨나 고추씨, 왕겨를 태우면서 연기를 피우거나 대문에 구멍이 가는 체를 걸어 두었다. 귀신이 들어오는 걸 막기 위해서였다. 평안도 감영도 세간의 풍속을 따르고 있었다. 감영 대문 앞에는 연기를 뿜어내는 불이 있었고, 문에는 구멍이 가는 체와 가시가 돋아난 엄나무 가지가 걸려 있었다. 나는 걸음을 옮기며 대문으로 향했다. 그때 내 뒤에서는 기침 소리가 끊이지 않았다. 전임 암행어사와 유민들의 기침 소리였다. 전임 암행어사는 이번에 몸을 숨기면서 유민들에게 큰 도움을 받았다고 했다. 유민은 적에 오르지 않았기에 분명히 존재하는 데도 존재하지 않는 이들이었다. 평안 감사의 힘도 이 아래까지 닿지는 않았다. 그래서 나와 전임 암행어사는 관졸 대신 유민을 동원했다. 그래야 어사 출도 소식이 미리 퍼지지 않을 테니까. 이 때 나는 이들의 기침이 이상하다고 생각하지 않았다. 그 소리가 귀에 거슬릴 정도로 이질적이라고 여기기는 하였으나 기침 자체에는 문제가 없다고 보았다. 다들 오래 떠돌면서 생활했으니까. 심지어는 사족인 전임 암행어사도 몇 달이나 몸을 숨기며 고생했었다. 건강이 좋지 않다면 이 정도 연기에도 저렇게 큰기침을 내뱉을 수 있을 거라고 생각했었다.

불을 끈 뒤 대문에 매달린 체와 가시나무 가지를 떼어냈다. 그러자 전임 암행어사와 유민들이 바짝 뒤에 섰다. 그들이 문을 두드렸다. 메마르고도 앙상한 손으로 문을 긁었다. 곧이어 누구냐고 묻는 소리와 함께 문이 조금 열렸고, 나는 힘껏 문을 밀었다. 문이 활짝 열리자 "암행어사 출도야!"라고 큰 소리로 외쳤다. 그러자 유민들이 괴성을 지르면서 안으로 뛰어 들어갔다. 등줄기에 소름이 돋게 만드는, 가슴이 서늘해지는 소리였다.

창이 열리고 문이 열리면서 사람들이 쏟아져 나왔다. 누군가는 밖으로 도망가려고 했고, 누군가는 어딘가에 숨으려고 했으며 누군가는 비명을 질렀다. 모두 귀신이라도 본 듯 하얗게 질린 얼굴이었다. 유민들이 뿔뿔이 흩어지며 사방으로 퍼져서는 그들을 끌고 나왔다. 전임 암행어사도 주저함 없이 어딘가로 달려갔다. 평안 감사가 어디에 있는지 알고 있는 듯했다. 나도 그를 따라 달렸다.

그 달음박질의 끝에서, 나는 드디어 평안 감사를 찾아냈다. 이때 그는 달려간 전임 암행어사에게 목을 뜯기고 있었다. 붉은 피가 사방에 흩뿌려졌다. 나는 깜짝 놀라 엉덩방아를 찧었다. 어사 출도를 하는데, 목을 물어뜯는다고? 순간 머리가 굴러가지 않았다. 이게 어찌 된 일인지 알 수가 없었다. 고개를 돌리며 주변을 보았다. 감영 안 광경이 조금 전과 비슷하면서도 완전히 달랐다. 유민들이 사람들을 물어뜯고 있었다. 그리고 그곳에는 성아도 있었다. 어린 유민들은 이곳에 데려오지 않았는데도 말이다. 언제 온 건지 감영 안에 있던 성아가 분합문을 활짝 열며 누군가의 상투를 붙잡고 질질 끌고 나왔다. 끌려 나온 이는 다 큰 어른이었지만, 성아는 그를 가뿐하게 팽개쳤다. 그제야 나는 그자의 얼굴을 볼 수 있었다. 나의 원수. 망모를 죽게 만든 흉수였다. 성아의 작고 고운 두 손이 그자의 목을 졸랐다. 그는 버둥거리다가 꺽꺽 소리를 냈고, 곧이어 축 늘어졌다. 나는 그 모습을 넋을 놓고 지켜보았다. 그때 누군가 내 어깨에 손을 얹었다. 소스라치게 놀라 나도 모르게 비명을 질렀다. 입가에 피를 묻힌 전임 암행어사가 바로 옆에 서 있었다. 그는 문을 열어 줘서 고맙다며 내 귀에 속삭였다. 그 말을 끝으로 나는 혼절했다.

정신을 차려보니 나는 감영 대문 밖에 누워 있었다. 벌써 햇귀가 들어 하늘 끝이 밝았다. 고추씨를 태우던 불은 꺼져 있었고, 구멍이 가는 체와 가시나무도 저 멀리 팽개쳐져 있었다. 그리고 감영 대문은 굳게 닫혀 있었다. 나는 홀리듯 일어나 대문을 두드렸다. 쾅쾅 두드리자 곧 사람이 나왔다. 살짝 열린 문 뒤로 분주하게 오가는 사람들이 보였다. 마당도 깨끗했다. 유민에게 뜯긴 사람들이, 마당을 피로 적셨을 사람들이 한 명도 보이지 않았다. 나는 꿈을 꾸었던 걸까? 허나 그것이 꿈이었다면 한겨울 길에서 잤던 나는 바로 동사했을 것이다. 아무리 생각해도 그건 꿈이 아니었다.

신분을 밝힐 수 없어 감영 안으로 들어갈 수 없었던 나는 어쩔 수 없이 걸음을 옮겼다. 종일 수소문하였지만 별다른 소득을 얻지 못했다. 성아도, 비단도, 유민도 보이지 않았다. 그들이 머물던 곳 자체가 사라졌다. 이게 무슨 일인지 모르겠다.

정월 열아흐레

평양성 안에 소문이 파다하게 퍼졌다. 평안 감사가 실종되었다고 한다. 마침 그를 보러 평양을 찾았던 가문 사람들도 한꺼번에 사라졌다. 성상께서 비밀스레 행동해야 한다고 신신당부하셨지만, 고민 끝에 이 소식을 성상께 알렸다. 역참에 들려 치계(馳啓 말로 달려가서 급히 아룀)하였다.

정월 스물여드레

곧장 돌아오라는 왕명을 받은 뒤 정월 스물하루에 한양으로 돌아왔다. 마음이 어지러워 일기를 쓸 수 없었다. 들지 못했던 붓을 이제야 든다. 파견된 관리들이 사라진 비단을 찾았다고 한다. 비단은 시신이 되어 있었다. 그것도 몇 달 전에. 흉수가 누구인지는 알 수 없으나 누군가에게 살해당했다고 한다. 내가 만났던 비단은 귀(鬼)였던 게다. 그래. 그랬다. 영명사 스님의 말대로 나는 귀의 모습을 보고 귀의 소리를 들었다. 그러나 스님의 말에도 틀린 건 있었다. 그것은 헛것이 아니었고, 헛소리도 아니었다. 내게는 너무나도 중요했던 모습이었고, 필요했던 목소리였다.

특히 성아가 그러했다.

성아는 어찌하여 그자를 목 졸라 죽였을까. 망모와 그자의 사인이 같은 것이 우연일까? 나는 아니라고 생각했고, 작은 가능성 하나를 고민하며 외숙에게 서신을 보냈다. 그리고 그 답신을 금일 받았다. 외숙이 보낸 서신 봉투 안에는 그림 한 장이 있었다. 외숙이 기억을 헤아리면서 그려낸 모친의 모습이었다. 모친의 어린 시절 모습.

하얀 종이에 자리 잡은 검은 윤곽은 분명 성아를 닮아 있었다.

나는 모친이 복수를 위해 성아의 모습을 하고 나를 찾아오셨던 거라고 믿는다.

이이의 조상이 짓고, 이이가 증수하였다는 화석정이 불에 타자 그 후손이 다시 정자를 세웠던 것처럼, 구천을 떠돌며 복수하고자 하는 모친을 자식인 내가 도와드렸다. 굳게 닫힌 문을 열어젖히며 끊어진 맥을 다시 이었다.

그러니 지금의 상황도 자식으로서 마땅히 감당해야 할 일일 것이다.

누군가 방문을 두드린다. 곧이어 목소리도 들릴 것이다.

앳된 아이의 목소리로, 성아의 목소리로 밤새 청할 것이다.

문을 열어 달라고. 같이 있자고. 따뜻한 잠자리와 맛있는 음식은 저쪽에도 있으니 이제 가족이 모여야 한다고 속삭일 것이다.

한양으로 돌아온 뒤로 성아가 매일 밤 나를 찾아왔다.

전에는 두려움이 있었으나, 더는 무섭지 않다. 성아가 누군지 알았기 때문이다.

이제 문을 열어야겠다. 모친이 나를 부르고 계신다.

작가의 한마디

사람이 죽으면 귀가 되고, 귀가 떠받들어져 격이 높아지면 신이 된다지요. 그렇다면 귀신 이야기도 결국에는 사람 이야기일 것입니다. 사람이 어쩌다가 귀신이 되고, 귀신은 어쩌다가 사람이 되는지, 산 자와 죽은 자의 경계, 저승과 이승의 경계가 무너지는 날을 생각하면서 이야기의 뼈대를 세웠습니다. 상십이지일 上十二支日 의 풍속 자료와 200년 전의 암행어사가 남긴 암행 일기인 『서수일기 西繡日記』를 읽으면서 이야기의 살을 채웠고요.

괴력난신의 붐은 온다고 굳게 믿고 있습니다.

할머니의 장례식

배명은

0

 초저녁부터 함박눈이 내렸다. 밤사이 눈이 많이 내릴 예정이니 조심하라는 안전 문자가 쌓였다. 오뎅바는 새벽 2시가 넘어가는데도 만석이었다. 불금에다가 눈이 내리는 날엔 오뎅탕에 소주가 진리라고 부르짖는 사람들이 대부분이다. 찬바람이 치대어 붉어진 건지, 술에 취해 불콰해진 건지 모를 얼굴로 불어 터진 어묵을 씹어 넘기며 두서없이 내뱉는 말들과 어묵탕이 든 냄비에서 내뿜는 김이 한데 섞여 들었다. 오래된 오뎅바의 내부는 그것들로 팽창하기 일보 직전이었다.

 그 속에서 동화는 유영하듯 술을 나르거나 비워진 자리를 청소하고 새로운 사람들로 채우길 반복했다. 정신이 없으면서도 일 처리는 실수 하나 없이 매끄러웠다. 그러다가 문득 정신 차려 보니 아르바이트가 끝날 시간이 훨씬 지나 있었다. 취한 사람들의 목소리는 점점 커져 파도가 되었다.

 잠시 계산대 뒤에서 뻐근한 다리를 두드릴 때 동화는 그 소음 속에서 자신을 부르는 작은 목소리를 들었다. 고개를 들자 문이 닫히고 있었다. 불투명한 유리문 너머로 누군가가 막 나가는 뒷모습이 보였다. 실내는 온통 술과 대화에 빠져든 사람들로 그들 중 동화를 부른 사람은 없어 보였다. 어쩌면 손님 중 누군가가 잠시 밖으로 나갔거나, 이곳으로 오려던 사람이 빈자리가 없음을 살피고 나간 것일지 몰랐다. 그래도 혹시 몰라 동화는 슬쩍 밖으로 나갔다.

 문을 열자 매서운 한풍이 몰아쳤다. 몸을 떨자 묵직한 습기를 머금은 눈이 투덕투덕 몸을 때렸다. 눈 쌓이는 도로는 한산했다. 가로등 불빛만이 비추는 거리엔 사람의 모습은 보이지 않았다. 동화는 고개를 길게 빼 좀 전에 나간 사람의 흔적을 찾았으나 자동차 전조등에 일렁이는 가로수 그림자만이 보였다. 순간 주황빛 속, 검은 그림자 사이로 사람 형체가 나타났다가 사라졌다. 워낙 순식간이라 일렬로 선 가로수 중 어느 지점인지 정확히 알 수가 없었다. 내리는 눈이 만들어 낸 환각일까. 종종 피곤하면 뭔가를 잘못 볼 때가 많으니 그럴 수도 있었다. 그 생각으로 돌아서는데 문 옆 창문에서 하얀 종이를 발견했다. 오뎅바 특유의 분위기를 돋우는 나무 창살에 꽂힌 봉투. 사장님 건가 싶어서 꺼내니 하얀 봉투 앞면에 단정한 글씨로.

 정동화 귀하

 보낸 이에는 아무것도 안 쓰여 있고 오로지 받는 이에 자신의 이름이 적혔다. 순간 께름직한 느낌에 동화는 인상을 찌푸리며 다시 주위를 돌아봤다. 상대는 이곳에서 일하는 자신의 이름을 알고 있었다. 사장님이나 주방 이모, 다른 아르바이트생이 동화의 이름을 종종 부르니 들었을 법했으나 이렇게 손 편지를 주다니. 스토커가 아닐까. 그 생각이 들었으면 당장 쓰레기통에 버려야 마땅했지만, 동화는 봉투를 뜯어 편지지를 꺼냈다. 무슨 말을 하려는지 그 내용이 자못 궁금했다.

202X년 2월 12일 자시(밤 11시~오전 1시)
청화시 청수산 백화골 김천자 선생 별세

전혀 생각지도 못한 할머니의 부고 소식이었다. 12일이라면 자정이 지난 오늘이니 고작 두 시간 사이에 이런 편지를 보낸다고? 너무 기분이 나쁘고 믿을 수가 없었다. 대체 누가, 왜? 동화는 부고장을 구겨 버렸다. 이런 소식은 대개 전화나 우편으로 오는 거 아닌가? 그런데 동화가 자취하는 집도 아닌, 아르바이트하는 곳으로, 출근할 때도 보지 못했던 것을 누군가가 직접, 지금? 이건 분명 어느 술 취한 이의 지독한 장난이 분명했다. 일단 확인차 핸드폰을 꺼내 할머니에게 전화했다. 신호음이 가고.

'그런데 할머니가 계신 건 어떻게 알았지?'

그 또한 대충 쓴 게 얼결에 맞은 걸 수도. 그렇게 생각하면서도 길어지는 신호음에 점점 불안해졌다. 동화는 이로 손톱을 잘근거렸다. 재차 걸었지만, 핸드폰은 신호음만 갈 뿐이었다. 밤이라 주무신다 해도 이 정도면 깰 법도 한데. 동화는 종종걸음으로 문 앞을 왔다 갔다 하며 청화집 전화번호를 눌렀다. 몰아치는 추위는 잊은 지 오래였다. 다시 한참 신호음이 이어지다가 멈췄다.

"할머니? 할머니 왜 이렇게 전화를 안 받아! 괜찮아? 어디 아픈 데는?"

다급하게 질문들을 나열했으나 건너편에선 답이 없었다. 오로지 숨소리만이 존재감을 드러낼 뿐이었다.

"할머니? 왜 대답이 없어?"

"…아! 다 물어보신 건가 해서요."

할머니가 아닌 조금 가볍고 경박한 남자의 목소리가 들렸다.

"누구세요?"

혹시나 자신이 전화번호를 잘못 눌렀을지도 몰라 핸드폰 화면을 들여다봤다. 번호는 정확했다.

"동화 씨, 전화는 제대로 하셨습니다. 저는 김천자 선생 이웃에 사는 산양이란 사람이 온데 혹시 할머님의 부고장을 받지 못하셨습니까?"

그럴 리는 없을 텐데. 수화기 저편에서 산양이 읊조렸다. 심장이 쿵 내려앉았다. 아닐 거라고 수없이 되뇌며 마음을 굳건히 했건만 산양의 말 한마디로 와그르르 무너져 내렸다. 걸음이 멈추고 생각 또한 멈췄다. 할머니 얼굴을 떠올리려 했으나 너무도 오래된 것 같아 기억이 가물가물했다.

"정말로, 할머니가 돌아가셨나요?"

조심스럽게 물었다. 그러다 슬픔보다 먼저 현실적인 생각이 들었다. 혼자 치러야 할 할머니의 장례는 어떻게 하는 건가. 이번 시험을 망친 바람에 장학금을 놓쳤고 그걸 메꾸려면 아르바이트를 한시도 쉬면 안 되었다. 그런데 장례식이며 주변 정리를 한다면 얼마나 빠져야 하는지 등등으로 조급해졌고 이런 생각을 하는 자신이 인간 같지 않아 짜증마저 났다. 홀로 남은 자신을 키워 준 할머니가 돌아가셨는데 하는 생각이라고는. 산양은 또 대답이 없었다. 무언가를 더 물어보길 기다리는 듯했다. 슬픔으로 목구멍이 좁아 들었다.

"날짜가, 그러니까 부고장에 보면 오늘이라고 되어 있는데 왜 이렇게 연락이 빨리 온 거죠? 어떻게 제가 여기서 일하는 걸 알고."

"자정을 지나 12시 35분에 노환으로 운명하시어 바로 아는 사람 편으로 보냈습니다. 어느 곳에 고향 사람 하나 없겠습니까. 그래도 상황이 급박하여 주변 분께 여러모로 여쭌 것일 테니 너무 기분 나빠하지 않으셨으면 좋겠군요."

수화기 건너편에서 들리는 특유의 말투에 두통이 밀려왔다. 관자놀이를 문지르며 숨을 들이켰다.

"그 산골에 이웃분이 계신 줄 몰랐어요."

"생각보다 많이 있답니다. 모르셔서 그렇지. 그 덕분에 제가 이렇게 선생님 마지막을 보게 되어 동화 씨께 부고도 보내고 그러지 않습니까. 원래는 자식들이 상주를 서야 정상인데 나머지 죽은 차남 정정문 즉, 동화 씨의 아버지 이외의 자식들은 이 나라를 떴는지 연락이 되지 않더군요."

"어느 곳에 고향 사람 없겠냐면서요?"

산양의 말이 길어지면서 두통마저 길어지는 것 같아 말이 불퉁스럽게 나갔다. 동화의 말에 산양이 하핫 웃었다.

"물 건너는 갈 수 없어서요."

웃어? 동화는 핸드폰을 귀에서 떼어 바라봤다. 남은 할머니가 돌아가셔서 슬픔에 제정신이 아닌데? 눈살을 찌푸리는데 오뎅바의 문이 열리고 사장님이 나왔다. 일은 하지 않고 밖에서 여유롭게 통화하는 모습이 못마땅한 표정이었다. 동화는 황급히 전화에 대고 말했다.

"제가 큰아버지한테 연락할게요. 하지만 할머니 장례식에 오실 수 있을지는 잘 모르겠어요. 언제나 바쁘다고 하셨거든요. 한국에 있는 할머니 자손은 저뿐이라 제가 상주라는 거 할게요. 근데 제가 뭘 잘 몰라서…."

동화의 말을 듣고 사장님의 표정이 바뀌었다. 누군가의 죽음은 누구에게나 슬픔과 안타까운 마음이 들게 하나 보다. 저 독하고 짠돌이 사장님이 엄숙한 표정으로 입을 다물고 조심히 문을 닫는 걸 보면.

하핫. 또다시 산양의 웃음소리가 들렸다.

"걱정하지 마세요. 이 동네 모든 이가 고인의 가족과도 같았으니 격식 같은 거엔 그리 큰 문제 없을 것입니다. 게다가 내가 '호상'이거든요. 장례식 책임자라 생각하시면 됩니다. 내 다 일러줄 터이니 오는 길 허둥대지 말고 조심히 오세요."

웃음기가 남은 말투가 여전히 거슬렸으나 가만히 알겠다 하고 전화를 끊었다. 동화는 긴 숨을 내쉬었다. 여전히 할머니가 돌아가신 게 믿어지지 않았다. 거리에 헤드라이트를 켠 차가 지나가자 눈보라와 그림자가 빠르게 동화를 스쳐 갔다. 달아오른 두 뺨의 열기가 채 식기도 전에 눈물이 흘렀다.

동화는 손등으로 눈물을 닦아내다가 손안에 구겨진 봉투를 봤다. 애써 구겨진 봉투를 반듯하게 펴서 반으로 접어 나무 창틀과 가벽 사이에 생긴 틈으로 깊숙이 밀어 넣었다. 처음부터 그 편지를 보지 못한 것처럼 굴고 싶었다. 그럴 수 없다는 걸 알면서도 집요하게. 툭 하고 편지가 회색의 쓰레기로 뒤엉킨 공간 속으로 떨어졌다.

1

있다. 청화시 청수산 백화골에서. 청수산 중턱에 위치한 마을엔 대여섯 가구가 있었지만, 세월이 흐르면서 다들 서울이나 시내로 이사를 갔다. 동화가 기숙사가 있는 고등학교로 입학할 땐 할머니 집만 남았다.

우리도 저들처럼 시내로 가자고 얼마나 떼를 썼는지 모른다. 한 시간씩 걸리는 머나먼 학교가 아닌, 눈비가 오는 날 가파른 산비탈에 넘어지지 않는, 갑자기 아프면 약초로 연명하지 않고 병원에 가는, 사람들이 북적이는 곳으로 가자고. 동화는 매번 할머니에게 애원하다가 화를 냈다. 그럴 때마다 이런 산골에 금덩이라도 파묻었냐며 진저리를 쳤다. 그러니 큰아버지랑 삼촌들도 지긋지긋해서 이 나라를 떠나 버리지 않냐며 화를 냈다. 그때부터 할머니는 말을 잃은 사람처럼 입을 다물었다.

아르바이트 일을 끝마치고 동화는 사장님의 배려로 일주일의 휴가를 얻었다. 사장님은 동화를 부모 없이 할머니 손에 키워진, 대학 등록금을 벌기 위해 열심히 일하는 학생으로 대강 알고 있었다. 그래서인지 이러저러한 곳에 돈이 많이 들어갈 거라며 부의금으로 꽤 많은 돈도 챙겨줬다. 한시도 쉬지 못하게 알바생을 들들 볶는 주인이라고 종종 욕했었는데. 생각보다 좋은 사람이었다는 사실이 당황스럽기까지 했다.

동화는 집으로 가 단정한 검은 옷가지들을 챙기고 모바일로 고속버스 첫차를 예매했다. 그렇게 조용한 원룸에 멍하니 앉아 있다가 참지 못하고 여행 가방을 챙겨 들고 집을 나섰다.

가로등 불빛이 번지는 골목길 반대편에서 한 젊은 여자가 동화를 바라보고 있었다. 입김이 번지는 그 사이로 눈이 마주쳤다. 오래 그 자리에 서 있었는지 머리와 옷에 눈이 내려앉았다. 무표정한 모습에 무슨 할 말이 있어 보이지도 않았다. 도움이 필요하지도 않아 보였다. 그저 가만히 선 채로 동화를 봤다. 뒤에서 어떤 남자가 그녀를 부르며 달려왔다. 순간 여자는 토악질하며 벽에 고개를 돌렸다. 움찔 놀란 동화가 여자에게 다가서기도 전에 중년의 남자가 그녀의 등을 다독여 주었다.

"괜찮아? 무슨 술을 이리도 마셨어?"

여자는 몸을 부르르 떨며 헛구역질을 했다. 동화는 그들을 보다가 걸음을 옮겼다.

사선으로 비껴가는 눈발이 고속버스 유리창에 부딪혔다. 제법 눈이 쌓였음에도 고속버스는 엉금엉금 기어서 도시를 빠져나갔다. 아직 어둠에 잠긴 차창 너머 점점 멀어지는 네온사인으로 빛나는 도시의 전경들을 바라봤다. 머나먼 시선은 아득한 할머니의 모습을 떠올리려고 노력했다.

산골의 그 집을 떠나지 않겠다고 고집을 부리는 할머니의 모습만이 기억났다. 가려거든 너 혼자 가라던. 당시 미성년자인 동화에게 그 말은 협박으로 들렸다. 보호자 없이 혼자 어떻게 살라는 건지. 그래도 방법이 아예 없지는 않았다. 동화는 기숙사가 있는 고등학교를 지망했고, 악착같이 공부해서 대학도 청화시에서 먼 곳으로 갔다. 이후 동화는 아르바트를 핑계로 방학 때도, 명절 때도 그 집에 돌아가지 않았다.

'할머니의 자식들도 찾아오지 않는데, 나라고 가야 해? 금덩이 꼭 껴안고 그렇게 혼자 잘 사시라지.'

휘몰아치는 눈보라처럼 옛 생각들이 회오리쳐 저항 없이 불쑥 떠올랐다. 그 생각에 동화는 두 손으로 얼굴을 가렸다. 자기가 뭐라고 그걸 죄처럼 할머니에게 지우게 했을까. 한 번이라도 제대로 할머니의 심중을 헤아려 보려고 하지 않고 무작정 떼쓰고 화내고 모진 말로 상처를 후벼판 건 자기면서. 고작 남들처럼 밖에서 살고 싶다는 욕심으로 할머니를 괴롭혔다는 사실을 뒤늦게 깨달아 너무 부끄러웠다. 눈 때문이 아니라, 할머니를 두고 도망친 5년이란 세월만큼 돌아가는 길이 너무 아득했다. 그 길 위에서 동화는 내내 자책하며 할머니를 떠올렸다.

네 시간을 달린 고속버스에서 내린 동화는 다시 마을버스로 갈아탔다. 차창 밖으로 스쳐 지나는 여전한 풍경들을 바라봤다. 새하얀 눈으로 뒤덮였음에도, 5년의 공백이었음에도 변함없는 시내의 점포들과 자그마한 시장, 그리고 지나치는 마을들의 모습. 수십 년간 오가면서 보았던 것들은 조금 낡았을 뿐 그 자리에 그대로 있었다. 눈은 그쳤지만, 잔뜩 찌푸린 하늘이었다. 언제고 다시 눈이 내릴지 몰랐다.

작은 마을버스에 몇 안 되는 승객들이 있었다. 그마저도 버스가 정류장에 한곳 한곳씩 설 때마다 한둘씩 내려 이내 동화 혼자만 남았다.

집과 점점 가까워질수록 동화는 심란해졌다. 예상대로 큰아버지와 막내 삼촌은 며칠 늦을 거라고 했다. 기다렸다가 장례를 치르느니 동네분들의 도움을 받아 혼자 해 보겠다고 하자 기꺼이 그러라고 했다. 그들은 할머니가 돌아가셨음에 안타까움은 있었으나 그 무엇도 책임을 지고 싶어 하지 않았다. 바라지도 않았다. 이미 이민 간 시점부터 할머니와 자신을 거추장스러워했다. 화가 치밀었다. 할머니는 저런 자식들이 뭐가 좋다고 매일같이 기다렸을까. 언제고 한 번은 꼭 올 거라 생각하며 산자락 밑으로 펼쳐진 저 먼 길을 바라보며 서성였을까. 차창 너머 할머니가 서성거렸을 산자락을 짚어봤다. 누구를 욕할까. 자신 또한 그랬으면서. 동화는 입술을 꾹 다물며 성에 낀 유리를 문질렀다.

청수산 삼웅마을 앞에 버스가 섰다. 계단에서 내리자마자 발이 눈에 푹푹 빠졌다. 뒤뚱거리며 한쪽으로 비켜섰더니 요란한 엔진 소리와 함께 매캐한 연기를 내뱉으며 마을버스가 출발했다. 매연과 함께 피어나는 눈보라에 눈을 질끈 감았다. 콜록콜록. 목도리에 코를 박아도 스며든 지독한 냄새에 기침이 터졌다. 잠시 후, 바람이 버스의 소음과 매연을 앗아가자 동화는 찔끔하고 눈에 맺힌 눈물을 손등으로 닦아내며 눈을 떴다. 온통 새하얀 세상은 고요하기만 했다. 아니, 휘휘 부는 바람에 펄럭이는 소리가 곧 들렸다. 고개를 돌리자 길 반대편 삼웅마을 입구에 걸린 '정월대보름 달집태우기 행사'라고 적힌 현수막이 바람에 요란하게 몸을 떨었다.

너른 평야가 눈으로 온통 새하얗다. 움푹 들어간 논자리에 대나무와 짚으로 만든 달집이 덩그러니 자리했다. 행사라고 하더니 사람의 자취 하나 없었다. 대신 옹기종기 모인 집에서 잿빛 연기가 피어올랐다. 멍하니 그걸 바라보다 동화는 청수산을 오르기 시작했다. 눈길을 올라가는 발에 잔뜩 힘이 들어갔다. 뽀득거리는 발소리만이 귓가에 울렸다.

눈에 길이 가려졌어도 어디로 가야 하는지 동화는 잘 알았다. 보이지 않아도 어딘가로 발을 디뎌야 하는지 나무의 위치를 보고 가늠할 수 있다. 휘몰아치는 바람에 코끝이 시렸다. 나뭇가지가 서로 몸을 부대꼈다. 새가 날아오르자 나무 위에 쌓인 눈이 후드득 떨어졌다. 너무도 익숙한 소리에 그제야 집에 돌아왔음이 실감 났다.

턱에 맺힌 땀을 닦아내며 휘어진 노송을 지나 구릉을 넘자 탁 트인 산 아래로 펼쳐진 백화골이 보였다. 뭉게구름이 해를 가려 그늘진 평지, 이제는 형체도 없어져 알아볼 수 없으리라 생각한 마을.

"어?"

동화는 눈앞에 펼쳐진 마을을 보며 눈을 깜박였다. 당황스러웠다. 분명 5년 전만 해도 다 쓰러져 가던 집들이 번듯하게 자리하고 있었다. 마치 사람이 다시 사는 것처럼. 동화는 숨을 들이켰다. 제일 위 할머니 집 마당에서 폴폴 연기가 나고 있었다. 그 주위로 하얀 천막이 세워져 초라할 것만 같았던 할머니의 장례식이 번듯하게 진행 중이었다. 비록 사람의 모습은 보이지 않았지만, 동화는 어릴 때 봤던 마을 그대로의 모습에 가슴이 울렁거렸다.

동화는 발걸음을 재게 놀렸다. 산양이란 사람이 자신을 이웃이라고 소개했을 때도 믿을 수가 없었다. 모두가 이 산골살이가 힘들다며 이사를 갔다. 그런데 다시 산골에 살고 싶어 온 사람들이 있다고? 직접 두 눈으로 보니 어안이 벙벙했다. 마음이 조금 편안해지기까지 했다. 할머니가 너무 외롭지는 않았을 거란 생각이 들었다.

마을 입구에 들어서자 집들은 금이 가거나 부서진 곳 없이 멀쩡했다. 친구 순이가 살던 집도 예전 그대로였다. 마치 쌓인 눈이 모든 것을 가린 게 아닐까 하는 의심이 들 정도로 눈앞의 모든 게 믿겨지지 않았다. 쌓인 눈을 치워 낸 누군가의 노고에 깨끗하고 반듯한 돌계단을 수월하게 오를 수 있었다. 살얼음조차 끼지 않은 계단을 오르며 동화는 볼을 찰싹찰싹 때렸다. 대문마다 누군가가 나와 인사해도 전혀 이상하지 않을 곳이라니. 지난 5년 동안 자신이 없는 백화골엔 대체 무슨 일이 일어난 것일까?

그러나 마을 깊숙이 들어갈수록 뭔가가 이상했다. 계단 꼭대기에서 긴 숨을 내쉰 동화는 구불구불한 돌담을 따라 걸었다. 퍼지는 입김 사이로 저 멀리 온통 새하얀 청화 평야가 펼쳐지고 할머니 집 아래로 다른 집들이 하나하나 자리를 틀고 있었다. 마을은 너무도 고요했다. 모든 집에 사람이 산다면 기척이라도 있을 텐데 그러지 않았다. 그 옛날 모두가 떠나고 난 그 이후처럼 익숙한 적막만이 흘렀다.

동화는 열린 대문 너머를 봤다. 햇빛을 막는 천막이 흔들리고 그 밑으로 조문객들을 위한 상이 준비가 되어 있었다. 한겨울 눈 쌓인 깊은 산중에 누가 온다고 이런 걸 해 놨을까. 근처에선 아궁이에 걸친 가마솥에서 음식을 준비 중이었던 것처럼 연기가 피어올랐다. 마당을 가로질러 기역자형 집으로 갔다. 제일 오른쪽 부엌을 보자 그곳 아궁이에서도 연기가 피어올랐다. 싱크대와 상에 음식이 잔뜩 쌓였으나 만드는 이는 보이지 않았다. 신발을 벗고 마루 위로 올라갔다.

"안녕하세요."

무어라 말해야 할지 몰랐다. 평소라면 할머니를 불렀을 텐데, 돌아가신 지금 부를 수 없는 이름이었다. 그러나 빈 집도 아닌 것 같아서 얼떨결에 인사의 말이 나왔다.

"네."

안방에서 예의 그 남자의 가벼운 목소리가 들렸다. 곧 미닫이문이 열리고 큰 키의 산양이 나왔다. 검은 정장을 차려입은 멀끔한 모습이다. 자신보다 고작 두세 살 정도 많을까? 생각보다 젊어서 동화의 머릿속엔 이런저런 호기심이 들었다. 어쩌다가 젊은 나이에 이런 산골에 살기 시작했는지, 할머니와는 어떻게 친해진 건지. 산양이란 사람이 빙긋 웃었다. 두 눈이 휘어졌다.

"서울에서 오느라 피곤하지 않아요?"

산양은 동화를 단번에 알아봤다. 하긴 이곳에 올 젊은 여자가 자기뿐이었을 테니.

"괜찮아요. 그런데 마을이 참 깨끗해졌네요."

"그렇죠? 그동안 김천자 선생과 함께 모여서 마을을 보수했습니다. 가는 마당에 자꾸 마을이 눈이 밟힌다면서요. 하는 내내 즐거웠어요. 아, 할머니는 방에 계세요."

산양은 안방으로 동화를 안내했다. 몇 걸음을 앞서 있던 그가 그대로 있는 동화를 돌아봤다. 동화는 제집처럼 구는 남자가 마음에 들지 않았지만, 그렇다고 그게 기분이 나빠서 그대로 있는 건 아니었다. 미닫이문 너머에 할머니의 시신이 있을 거라는 생각에 선뜻 발이 움직이지 않았다. 아직 마음의 준비가 되지 않은 것 같았다. 어떻게 할지 몰라 눈만 깜박이는데 산양이 재촉했다.

"괜찮아요."

자신은 괜찮지 않은데 왜 이 남자가 괜찮다고 하는 걸까? 인상을 찌푸리자 산양이 말을 덧붙였다.

"몇 시간이 지났으나 한겨울이니 평소 생각하던 그 모습일 거예요. 안방엔 군불도 때지 않았어요. 원래는 가묘를 먼저 만들어야 했는데, 이런저런 일 때문에 아직 만들지 못했습니다. 그래도 동화 씨를 할머니가 참 많이 기다렸어요. 얼굴은 봐야 할 것 같아서. 웁니까?"

부패를 걱정해서 주저하는 게 아니라는 말을 해야 했는데, 그의 마지막 말에 참았던 눈물이 흘렀다. 탓을 하는 것 같았다. 천년만년 그 자리에서 기다려 줄 줄 알았냐고. 손등으로 눈물을 닦아 내도 눈물은 계속 흘렀다.

"아니, 아직 할머니를 보지도 않았으면서 울면…."

산양이 당황한 낯으로 안방과 동화를 번갈아 봤다. 그리고 하는 수 없다는 듯이 그가 동화를 잡아끌었다. 차가운 손길에도 순순히 따라간 동화는 방 안에 누워 있는 할머니를 보았다. 반듯하게 누워 이불을 덮고 눈을 감고 있는 모습이 마치 낮잠을 자는 것처럼 보였다.

"할머니?"

조심스럽게 불러보았다. 답이 없었다. 달려가 할머니 옆에 무릎 꿇고 앉았다. 할머니를 흔들었다. 문득 장난일지도 모르겠단 생각이 들었다. 오래도록 오지 않는 손녀가 괘씸하니 저 남자를 시켜서 일을 벌인 거라고. 그러나 손에 닿는 할머니의 몸은 너무도 딱딱했다. 그 조그마한 몸을 끌어안았다. 거짓말쟁이. 평소 생각하는 할머니의 모습일 거라더니. 두 손이 닿지 않을 만큼 크고 부드러운 몸이었는데. 다시 눈물이 나왔다. 늘 따뜻했던 할머니의 온기가 조금도 느껴지지 않아 그제야 할머니의 죽음을 실감했다.

2

창과 미닫이문으로 들이치던 시린 빛이 할머니 몸에서 그 옆에 누운 동화에게로 이동했다. 울다 지쳐 잠들었는지 움직임이 없었다. 문밖에 휘휘 몰아치는 바람 소리 사이로 누군가의 수군거림이 들렸다.

"김천자 선생이 죽었다면 그 혼은 어딜 갔나?"

"산양이 찾고 있다더군. 애기가 일어날 생각을 안 하네."

"5년 만에 오는 거니 호상이 깨우지 말고 두라 했잖나."

"쉿!"

동화의 빛 위로 검은 그림자가 천천히 움직였다. 나무 마루를 밟는 소리가 삐걱거렸다. 그림자는 닫힌 안방 문 앞에서 멈췄다.

"계십니까?"

중년의 여자 목소리가 들렸다. 동시에 눈을 번쩍 뜬 동화는 자리에서 일어났다. 할머니의 얼굴을 본 동화는 인기척에 고개를 돌렸다.

"네?"

"소식을 듣고 조문왔습니다."

동화가 미닫이문을 열자 문 앞에 검은 옷을 입은 여자가 서 있었다. 창백하다 못해 시퍼런 얼굴을 보자 서늘한 기운이 느껴졌다. 여자가 동화를 보고 허리 숙여 인사했다. 얼결에 마주 인사한 동화는 산양이 어딨을지 찾았다. 상주 역을 어떻게 해야 할지 모르는데 알려 주겠다던 그가 없었다. 여자는 주저하는 동화를 지나 할머니 앞에 섰다. 가만히 할머니를 보더니 절을 두 번 했다. 그리고 고개를 숙여 무어라 하고는 동화를 봤다.

"생전 고인과 함께 봉사 활동을 다녔습니다."

"봉사 활동이요?"

할머니는 이곳을 떠나는 걸 싫어했다. 시내도 약초와 채소 팔러 장날에 맞춰 나갔을 뿐이고 대개는 청수산에 있었다. 그런데 봉사 활동이라니, 처음 듣는 사실이었다. 멀뚱히 쳐다보니 여자가 작은 눈에 맺힌 눈물을 훔치며 말했다.

"그야 모르셨겠지요. 오래도록 오지 않았다고 들었습니다. 손녀분이 떠나고 꽤 적적하셨는지 봉사 활동을 시작하셨거든요. 저희는 어려운 이웃분들을 많이 도왔답니다."

"아."

하긴 5년이란 시간 동안 할머니가 그러지 말란 법은 없으니까. 동화는 고개를 끄덕였다. 이제 조문객에게 뭘 어떻게 해야 할지 몰랐다.

"차라도 주시겠어요?"

잠시 고민을 하는 동화에게 여자가 먼저 차를 청했다. 멀리 오신 손님께 뭐라도 내드릴 생각을 하지 못했다니.

"산에 오르시느라 힘드셨죠? 잠시 기다려 주세요."

급히 방을 나선 동화는 부엌으로 향했다. 오후의 해가 늘어진 부엌엔 어느새 완성된 전과 음식들이 그릇과 소쿠리에 담겨 있었다. 먼저 주전자에 물을 담고 휴대용 버너에 불을 켰다. 컵에 녹차를 담고 동화는 주위를 둘러봤다.

이 호상이란 산양은 대체 어디로 갔는지 코배기도 보이지 않았다. 아까 잠결에 누가 무슨 말을 하는 소리를 듣긴 했는데 뭘 찾으러 간다고 했더라? 그래도 이렇게 음식을 준비하신 분들도 계시고 조문객도 오니 혼자가 아니란 생각에 안심이 됐다. 이 넓은 산속에 자신만이 할머니 장례식을 치른다면 어땠을까. 큰아버지와 삼촌이 올 때까지 할머니 시신과 적막 속에서 있지 않았을까. 그런 확신이 들 때 물이 끓었다.

동화는 차를 쟁반에 올려놓고 안방으로 갔다. 어둑한 마루를 가로질러 미닫이문을 열었다. 열린 문 앞에 선 사람과 마주한 동화는 그만 쟁반을 떨어뜨렸다. 컵이 깨지며 바닥을 뒹굴고 이어 다리 힘이 풀린 동화가 뒤로 나자빠졌다. 할머니가 동화를 내려다봤다.

"할, 할머니?"

자리에 누웠던 시신이 눈앞에 서 있는 모습에 아무 생각도 들지 않았다. 이마저도 꿈인가? 손님은 온데간데없었다. 그러니까 돌아가셨다는 건 거짓말인 거지? 눈앞에 할머니가 웃었다.

"드디어, 육신을 얻었네?"

팔과 몸을 들여다보는 할머니의 목소리는 아까 차를 청한 조문객의 목소리였다.

"내가 아주 옛날부터 찜해 놨었거든. 히힛. 이제 내 거야."

할머니의 팔과 다리가 같이 움직이며 재빠르게 마루를 뛰었다. 무슨 영문인지 모르겠다가도 이대로 저 몸을 놓칠 수 없어 동화는 자리에서 벌떡 일어났지만, 힘이 제대로 들어가지 않아 빠르게 움직이는 할머니 뒤를 쫓을 수 없었다. 할머니의 몸이 댓돌 위로 내려섰다. 발을 디디는 순간 댓돌이 한 번 들썩여 할머니의 몸이 휘청거렸다. 할머니는 멈추지 않고 마당을 가로질렀다. 그러자 부엌에서 뭔가가 날아와 할머니의 등을 때렸다. 가녀린 몸이 허물어졌다. 그 몸에서 조문객 여자가 튀어나와 바닥을 굴렀다. 뒤따라 달리던 동화가 마루에서 미끄러져 나무 기둥을 붙들고 멈췄다.

'지금 할머니의 몸에서 여자가 나온 거야?'

바로 눈앞에서 봤음에도 믿을 수가 없어서 입만 벙긋거렸다. 그런데 부엌에서 웬 아주머니가 나와 성큼성큼 쌓인 눈을 밟으며 바닥에 엎어진 여자 앞으로 걸어갔다. 추운 겨울날에도 꽃무늬 반소매를 입은 아주머니는 나무절구 공이를 주워 들었다. 드러난 맨팔은 근육으로 다부졌다.

"남이 신중하게 장례식을 준비 중인데 와서 초를 치려고 해? 확 씨!"

'분명 좀 전까지 부엌에 아무도 없었는데.'

그때 나무 마루 밑에서 중년의 아저씨가 기어 나왔다. 그 등장에 화들짝 놀란 동화는 다시 주저앉았다. 아저씨는 종종걸음으로 달려가 바닥에 누운 할머니를 안아 들었다.

"안 돼, 내 몸!"

"몇 년 전부터 산에서 기웃대던 게 네 년이구나. 오늘 산양이 모든 문을 열어두라 해서 설마설마했는데, 아주 작정하고 달려들었어."

아저씨가 여자를 보며 눈살을 찌푸렸다. 그 옆에서 아주머니가 나무절구 공이를 휘둘렀다.

"김천자 여사만 아니었으면 넌 뼈도, 아니 죽었으니, 혼도 못 추렸어. 좋은 말 할 때 썩 꺼져."

여자가 이를 바득 갈더니 일어나 뒤도 돌아보지 않고 도망쳤다. 아주머니가 혀를 차며 돌아서다가 동화를 보고 깜짝 놀랐다.

"아이고, 애기 놀랐겠다."

마루에 주저앉은 동화는 자신을 보는 아저씨와 시선이 마주쳤다. 지금까지 일어난 모든 일 중 마루 밑에서 기어 나온 저 아저씨가 동화는 더 무서웠다. 왜 거기에 있었던 거지? 범죄자?

"어어, 생각하는 그런 건 아니고. 우린 아주 오래전부터 여기서 살았는데 잠깐 나오게 됐소이다."

아저씨는 그렇게 얘기하고 할머니를 안은 채 성큼성큼 집으로 들어왔다.

"그게 대체 무슨 말이에요?"

안방으로 들어가는 그를 돌아보며 동화가 물었다.

"눈 한 번 딱 감으면 영원히 모르고 살 수도 있는데 꼭 알아야겠소?"

"그게 무슨 말이야 막걸리야. 다 보고 겪은 마당에 모른 척하라면 얘가 '그렇네요' 하고 눈 감고 있을 거 같아?"

아저씨의 말에 아주머니가 나섰다. 참으로 이 상황에 알맞은 말이었다. 할머니를 눕히고 이불까지 덮어 준 아저씨가 뭔가를 골똘히 생각하더니 고개를 끄덕였다.

"우리는 가택신들이오. 이 집이 만들어졌을 때 김천자 선생이 우리를 이곳에 깃들게 했지. 난 집을 지키는 성조신이고 저기는 부엌의 조왕신이고. 뭐 여기엔 우리만이 남았는데 말 그대로 잠깐이야. 이제 김천자 선생도 죽은 마당에 여기에 더 있을 필요가 없지. 그동안 받은 것도 있으니 장례식이라도 번듯하게 치러 주려고."

"…."

동화가 아무 말이 없자 아저씨는 저럴 줄 알았다는 듯 아주머니에게 고갯짓했다.

"깜빡이도 없이 무턱대고 내지르면 잘도 알아듣겠다!"

아주머니는 들고 있던 나무절구 공이를 까딱거렸다. 그 움직임이 자못 위협적이었다. 아저씨가 헛기침했다.

"김천자 선생은 예부터 청수산의 정기를 받아 감이 좋아서 신묘한 것들을 보았지. 많은 귀들이 도움을 좀 받기도 했고. 그러나 마냥 선한 것들만 있는 건 아닌지라 좋은 기운이 감도는 선생의 육신을 종종 아까 것들과 같은 악귀가 차지하려고 하오. 평소 산의 맑은 힘이 그 삿된 것들을 막아내지만, 장례식이라 조문객들을 위해 산양이 모든 문을 열어 놓았거든. 내일이 마침 귀신날이기도 해서 선생에게 은혜를 받은 조문객들이 많이 올 텐데, 앞으로 올 조문객들 틈에 섞여 저런 것들이 종종 있을 테니 정신 똑바로 차려야 하오. 아시다시피 악귀란 게 험악하고 악독하여 그 남편이 죽고 그 아들과 며느리가 죽었거든."

시린 바람이 불었다. 잠시 해가 반짝이던 하늘은 어느새 잿빛 구름에 가려 싸라기눈이 흩날리기 시작했다. 동화는 계단에서 내려와 거의 뛰다시피 마을을 벗어났다. 급히 잊은 게 있다고 얼버무리며 집에서 나왔으나 실상은 도망치는 중이었다.

눈으로 본 것도 있으나 가택신이 들려준 얘기를 처음부터 끝까지, 모조리 다! 믿을 수가 없었다. 저들이 가택신이라는 사실도 못 믿는 건 차치하고, 지금 세상에 귀신이라니? 악귀가 할아버지와 부모님을 해쳤다고? 그분들은 모두 교통사고로 돌아가셨다. 할머니가 그렇게 말했고 나라가 그렇게 정의하지 않았는가?

"그 때문에 겁이 난 아들들이 미국으로 간 게지."

산을 오르던 동화는 성조신이 한 말을 떠올리고는 그 자리에서 멈췄다. 그렇다면 그들이 왜 다시 돌아오길 꺼리는지도 이해가 됐다. 함께 가자고 했던 큰아버지와 삼촌의 제안을 거절하는 할머니의 표정이 기억나지 않았다.

"동화 씨를 홀로 도시로 보낸 것도 큰 결단이었소. 따라가고 싶어도 따라갈 수가 없는 것이, 혹여 자신을 노린 악귀가 동화 씨도 해칠까 봐서."

그렇기에 동화는 그들의 말이 사실이 아니길 바랐다. 홀로 남은 할머니의 외로움과 고독을 알 것 같아서 부정했고 그것으로부터 도망쳤다. 흩날리는 눈발이 점점 굵어졌다. 얼굴에 부서지는 눈발을 손등으로 훔쳐 냈다. 금세 두 볼이 따끔거렸다.

"나라고 뭐 좋기만 했는 줄 알아? 도시에서 홀로 잘 살아 내려고 얼마나 아등바등 살았는데! 나도 혼자라 외로웠어! 너무 힘들어서 고독했다고!"

잡목이 빽빽이 들어찬 산길에서 바락바락 소리쳤다. 눈앞을 가리는 함박눈에 억지 부리듯 변명을 내뱉었다. 바람이 옹송그린 몸을 할퀴었다.

"이곳에서 뭐 하십니까?"

갑자기 눈앞에 검은 그림자가 나타났다. 너무 놀라 뒷걸음치다가 발이 미끄러져 뒤로 넘어졌다. 쿵하고 바닥에 머리를 박자 쌓인 눈이 얼굴 위로 흩어졌다. 흔들리는 시선에 머리맡에 선 남자가 검은 우산을 펼쳐 드는 모습이 보였다. 손가락으로 눈을 닦아 내고 그를 올려봤다. 산양이었다.

"괜찮으십니까?"

온통 검은 차림에 창백한 낯빛의 남자가 물었다. 저들이 가택신이라면 그는 저승사자일까? 제법 그럴듯해서 소름이 끼쳤다. 그가 손을 내밀었다. 잠시 머뭇거리던 동화는 그 손을 잡았다. 산양은 가뿐하게 동화를 일으켰다.

"뭘 두고 온 것 같아서요."

자신이 생각해도 말도 안 되는 변명이었다. 산양은 여전히 웃는 낯으로 산을 돌아봤다.

"눈이 이렇게 오는데 산을 넘는 건 위험할 것 같습니다. 그리고 곧 조문객들이 올 겁니다. 상주가 자리를 비우면 안 되지요."

타이르는 말에 동화는 순순히 고개를 끄덕였다. 몇 번 코트에 묻은 눈을 털어내고 돌아섰다. 애초부터 되돌아갈 생각은 없었던 것처럼. 산양은 앞서는 동화의 머리에 우산을 씌워 줬다. 바람 소리가 침묵을 메꿨다.

"사실 좀 전에 조문객이 왔었어요. 산양 씨가 자리를 비운 사이에요."

"그런가요?"

"그 여자가 처음엔 할머니와 함께 봉사 활동을 했다더니, 잠시 차를 가지러 간 사이에 할머니 몸에 들어갔더라고요."

"아, 그런가요?"

동화는 산양을 돌아봤다. 잠시 말을 끊었을 뿐, 웃는 낯은 견고한 성처럼 무너지지 않았다.

"다행히 가택신들이 도와주셔서 할머니 몸은 무사해요."

"다행이군요. 동화 씨가 그분들을 보게 된 건 김천자 선생의 힘이 동화 씨에게 옮겨 가고 있는 증거 같습니다."

가택신들이 진짜일 리가 없다고 생각하면서도 동화가 먼저 말을 꺼낸 건 산양에게서 비밀을 끌어내고 싶어서였다. 자신에게 숨기고 있는 그 어떤 것. 그런데 할머니의 힘으로 그들을 볼 수 있게 된 거라니, 얼떨떨했다.

"할머니의 힘이요? 귀신을 보는 것과 악귀에게 쫓기는 일상이요?"

 이 모든 것이 실감이 나지 않아, 내뱉는 말에도 스스럼없을 정도로 아무 생각이 들지 않았다. 동화는 자신의 손을 바라봤다. 이곳에 살던 날부터 할머니의 주름진 손을 찾아 쥐던 그 습관을 떠올렸다.

"그들을 돕는 힘까지요. 유산 같은 거죠. 부디 그걸 짐스러워하지 않았으면 좋겠네요. 앞으로 올 조문객들이 그것처럼 평범하진 않을 겁니다. 그때마다 저나 가택신들이 있을 거고요. 다신 동화 씨가 위험해질 일은 없을 겁니다."

 오히려 두려움보다 희망적이다. 할머니를 다시 만날 수 있었다. 영영 볼 수 없으리라 낙담했었는데 마지막으로 볼 수 있는 기회가 생긴 것이다.

"그래서 할머니 혼은 찾았나요?"

 잠결에 들었던 말이 떠올라 묻자 잠시 웃음을 지웠던 산양이 다시금 미소를 지었다.

"어디 좋은데 놀러가셨나 봅니다."

3

 밤은 성큼 다가와 점점 깊어졌다. 색바랜 불빛이 집 안을 밝혔고 천막 주변엔 조왕신이 꺼져 가는 모닥불을 지폈다. 저 멀리 삼웅마을 앞에 준비해 둔 달집이 타올랐다. 이렇게 눈이 내리는데도 행사는 진행 중인지 불꽃들이 일렁였다.

 산양은 할머니에게 삼베옷을 입혔다. 생전에 할머니가 직접 준비해 둔 수의라고 했다. 미리 이런 것까지 준비해 두는 할머니의 그 심정을 차마 헤아릴 수가 없어 뜨거운 울음을 삼켰다. 훌쩍이는 소리에 산양이 눈을 들어 동화를 보더니 하얀 수건에 손을 닦아 냈다.

 "본래 미리 수의를 준비해 두면 병치레 없이 오래 산다는 말이 있지요. 많이 고생하다 간 것이 아니니 너무 속상해하지 마세요."

 무심한 목소리였으나 그 말에 안심이 되는 것도 사실이라 동화는 고개를 끄덕였다.

 "본래 혼백들은 죽으면 그 자리를 배회하기 마련입니다. 누구보다 김천자 선생이 잘 알고 있는 사실이지요. 그렇게 경우가 없는 사람이 아닌데, 온 산을 뒤져도 없으니."

 산양은 지푸라기가 든 베개로 할머니의 몸을 고정하고 소나무 판을 바닥에 깔아 시신을 그 위에 올려놨다. 동화는 모든 과정을 거들다가 그의 말에 눈살을 찌푸렸다. 한번 터진 말은 멈추지도 않고 계속 이어졌다.

"장례란 고인에게 마지막 인사를 하는 자리입니다. 어디로 간다 말도 없이 자리를 비웠으니 손님들께 동화 씨가 나서야 하는 상황이 올지도 모르겠습니다."

괜히 할머니를 타박하는 것 같아서 동화는 목소리에 힘을 실었다.

"평생 이곳에 묶이셨던 분인데 얼마나 밖으로 나가고 싶으셨겠어요? 훨훨 다니면 어때서요? 제가 나설 일은 확실하게 할 테니 그만 불평하세요! 어차피 사람 세상에서도 고인을 향한 일방적인 인사만이라 이상할 건 없잖아요."

호기롭게 외치자 산양이 어안이 벙벙한 얼굴로 동화를 바라봤다. 그가 하핫 하고 웃었다.

"지금 상황이 일반적이진 않지만 그렇게 말한다면 뭐, 그럽시다. 이쪽에 병풍을 치고 문 옆엔 얇은 천으로 가림막을 둘 겁니다. 조문객들은 고인에게 인사 후 동화 씨에게 인사를 할 텐데 가림막 뒤에서 절대 나오시면 안 됩니다. '이렇게 어려운 걸음을 해 주시니 진심으로 감사합니다.'라는 감사의 인사만 하고 다른 말은 일절 하지 마세요."

"왜요?"

"자칫 홀릴 수가 있으니까요. 대부분 얌전하거나 근엄하고 예를 따지는 분들이지만 그렇지 않은 손님도 있을 테니 이쪽에서 조심해야지요. 게다가 내일은 귀신날이니 마을에서 귀신을 쫓는 의식을 하면 이곳으로 오는 귀들이 있을 겁니다."

"성조신 아저씨한테 같은 말 들었어요. 정신 바짝 차려야 한다고."

그 뒤에 악귀가 할아버지와 부모님을 해쳤다는 말을 들은 것도 기억나서 갑자기 기운이 빠졌다. 맞은편에서 산양이 팔짱을 끼고 모호한 표정을 지었다.

"그분을 그렇게 부르면 안 될 텐데, 뭐 그렇다고 칩시다."

산양은 할머니 시신 앞에 병풍을 치고 그 앞에 제사상을 들여왔다. 옷매무새를 정리한 동화도 가림막 뒤로 들어가려고 했다. 산양이 그런 동화를 제지하고는 팔에 상주 완장을 채워 주었다. 그러고 보니 산양은 누구인지 묻지를 않았다. 사람은 아닐 테고, 외관은 저승사자 같기도 하고. 아니면 다른 가택신일지도 몰랐다. 올 때 '호상'에 대해 알아봤다. 장례식 책임자라는 그 말이 맞았다. 친인척이 하는 게 아니라 평소 친분이 있는 이가 하는 거라고도 한다. 그 말 대로라면 산양은 할머니와 언제부터, 어떻게 친해졌을까? 그래도 그가, 이 집에 가택신들이 있어서 참으로 다행이란 생각이 들었다. 할머니는 혼자가 아니었다는 말이니까.

"갑자기 변고를 당하시니 얼마나 망극하신가?"

옥빛 두루마기를 입고 갓을 쓴 백발의 할아버지가 첫 문상객이었다. 가림막에 그 형태만 보일 뿐 자세히 보이지 않았다.

"이렇게 어려운 걸음을 해 주시니 진심으로 감사합니다."

동화는 시키는 대로 말했다.

"내 저 골짜기 무덤 주인인데 자손들도 잊어버린 무덤에 찾아와 따뜻한 밥 한 끼 챙겨 주는 이였소. 이렇게 가는 길 나 또한 와야 마땅하지 않겠소? 내 줄 건 없고 김 선생 자손에게 내 자손에게 줄 운을 주겠소."

소맷자락에서 새빨간 낙엽 하나를 바닥에 내려놓고 동화 쪽으로 밀었다. 벚나무 잎을 물끄러미 바라보다가 동화는 인사했다. 책갈피로 딱이겠다.

"진심으로 감사합니다."

새하얀 원피스를 입은 노인이 할머니 영정사진 앞에서 아이처럼 엉엉 울었다. "아이고, 아이고." 구슬픈 곡소리에 칼날 같은 바람 소리마저 엄숙해져 소리를 죽였다. 한참을 울던 노인과 맞절했다. 사람이 아닌 분과의 절은 한 번인가, 두 번인가? 매번 조문객을 맞이할 때마다 동화는 긴장했다. 그러나 맞절 대신 그들은 고개를 끄덕였다.

노인은 가지고 온 보따리에서 나무로 된 찬합을 꺼냈다.

"동구 밖 오동나무에 깃들어 살고 있네. 절친이라 할 수 있지. 동화가 쪼끄만한 아이일 때부터 봐 왔지. 이날밖에 없을 것 같아서 보양식을 준비해 왔어."

노인이 말하는 동구 밖 오동나무를 동화는 잘 알고 있었다. 할머니는 그곳에서 아들들과 동화를 기다리곤 했다. 잠시 생각에 잠겼을 때 뚜껑 열린 찬합이 쑥 하고 가림막 안으로 들어왔다. 몸통이 균일하게 잘린 백사도리뱅뱅이. "히익!" 동화는 입을 틀어막았다.

"이렇게 어려운 걸음을 해 주시니 진심으로 감사합니다."

밤새 조문객은 끊이지 않았다. 다양한 인연과 각각의 사연들을 들으니 할머니의 성정과 삶이 어땠을지 짐작됐다. 잊었던 추억이 떠올라 짙은 그리움이 들었고 의외의 순간들에 웃음이 비어져 나왔다. 그리고 그들이 부의금 대신 가져온 선물들은 부담스럽기도 하고 그만큼 의미도 있어서 곤란했다. 특히 백사도리뱅뱅이.

잠시 고민을 하는데 이상한 기분이 들어 동화는 고개를 들었다. 방에서 함께 있던 산양이 조문객과 함께 밖으로 나간 지 얼마 되지 않은 시간이었다. 좀 전까지 마당은 조문객들로 왁자했었다. 그러나 귀를 기울여도 휘휘 부는 바람 소리만이 들렸다. 동화는 나오지 말라는 산양의 말을 어기고 자리에서 일어나 밖으로 나갔다.

어느새 싸리 눈이 흩날리는 밖은 어슴푸레한 빛으로 밝아왔다. 유리문 너머로 보이는 천막은 비어 있었다. 상 위엔 음식들이 잔뜩 차려져 있지만 밤새 그 앞에서 음식을 먹던 귀신들은 없었다. 모두 어디로 갔을까? 해가 뜨면 귀신들은 모두 사라진다는 말이 사실인가? 이상하다. 오늘 귀신날이라 바쁘다고 했는데.

신발을 신고 밖으로 나가 마루 밑을 봤다. 그리고 고개를 돌려 부엌도 기웃거렸다. 아무도 없었다. 잠시 머뭇거릴 때 달그락거리는 소리가 들렸다. 화톳불이 타오르는 곳으로 갔다. 일렁이는 붉은 불길 앞에 주저앉은 한 남자가 허겁지겁 음식을 먹고 있었다. 인기척에 남자가 동화를 돌아봤다. 콜록콜록. 그는 급하게 생수병을 들어 물을 마셨다.

"아, 안녕하세요. 그게 제가 어제 달집태우기 행사를 보러 놀러 왔다가 길을 잃어버려서 밤새 헤맸거든요. 죽겠다 싶었는데 불빛을 보고 여기에 왔습니다."

젊은 남자는 손등으로 입가를 닦았다.

"먼저 인사하고 청하는 게 마땅한데, 춥고 배도 고파서 참지를 못했습니다. 죄송합니다. 제가 대신 값을 치르겠습니다."

그가 등산복 주머니를 뒤적거렸다.

"괜찮아요. 어차피 상갓집이라서요. 좀 쉬시면 제가 마을로 가는 길을 알려 드릴게요."

"감사합니다. 아 저는 유택호라고 합니다."

택호는 인사하고는 다시 앉아 음식을 먹기 시작했다. 여기서 먹게 해야 하나 싶었다. 조문객들이 올 테고 사람이 있다면 좋진 않을 것이다. 그렇다고 집 안으로 들이자니 그것도 내키지 않았다. 어찌 보면 집 안엔 할머니 시신과 자신뿐이니 위험한 선택 같았다. 게다가 저 남자가 사람이 아닌, 귀신이라면? 겉보기엔 사람 같지만, 산양의 말처럼 홀렸을 수도 있다. 주저하는 동화를 본 택호가 미소 지었다.

"여기서 이렇게 보니 삼웅마을이 저 밑에 있더라고요. 많이 멀지 않은 거죠?"

"하산하는 건 3, 40분이면 될 거예요."

"그럼 밥만 먹고 가겠습니다. 마을 입구에 차를 세워 놨으니 조금만 더 힘내면 되지 않겠습니까."

"잠시만요. 그렇다면 국을 다시 데워 올게요. 따뜻한 걸로 몸을 녹이세요."

동화는 부엌으로 갔다. 큰 국그릇을 챙기고 돌아서자 조왕신이 고개를 내밀어 밖을 보고 있었다. 너무도 갑자기 나타난지라 동화는 그릇을 떨어뜨릴 뻔했다.

"놀랐잖아요! 다들 어디 계신 거예요?"

"애기도 보이지 않을 정도지만, 다 그 자리에 잘 있어. 산양은 조문객 배웅하러 갔고. 걱정하지 마. 조금 불편하긴 하지만 곤란해하는 사람에게 해코지할 귀신들은 지금 없어. 그런데 평소에도 사람이 걸음 하지 않는 곳에다가 특히 오늘 같은 날에 사람이라니. 뭔가 조짐이 안 좋아."

조왕신은 팔짱을 낀 채 중얼거렸다. 택호는 사람이고 자신이 홀리지 않았다는 것이라 동화는 안도했다.

"제가 밥 주고 빨리 보낼게요. 조왕신 아주머니도 너무 걱정하지 마세요."

동화는 두 눈에 힘을 잔뜩 주고 고개를 끄덕였다. 그리고 씩씩하게 밖으로 나갔다. 그 기특한 뒷모습을 본 조왕신이 커다란 손으로 입을 틀어막았다.

"아이고, 애기가 언제 이리 커 버렸는지."

4

 눈은 그쳐 사위는 점점 밝아지고 있었다. 저 멀리 눈을 뒤집어쓴 삼웅마을에서 잿빛 연기가 피어올랐다.
 "오늘은 음력 1월 16일로 귀신날이라고 합니다. 정월대보름 다음 날이 귀신날이래요. 뭐 하루 더 놀고 싶었던 옛 선조들이 만든 날이라고 하는데 재미있지 않습니까? 단합해서 귀신날을 만든 게. 이름은 지역마다 다른 것 같지만요. 그래서 그날 윷놀이나 널뛰기도 한대요. 널뛰는 그 소리가 귀신을 쫓는다나요?"
 마을로 향하는 길목까지 데려다주겠다며 동화는 앞장섰다. 괜찮다고 거절하던 택호도 이내 자신이 길치라는 걸 인정하며 도움을 받아들였다. 택호는 쉴 새 없이 중얼거렸다. 밤새 산을 헤매서 피곤할 법한데도 입은 쉬지 않았.
 "저렇게 연기가 나는 것도 귀신을 쫓아내는 거래요. 고추씨나 머리카락, 솔나무를 태우면 그 냄새를 싫어해서 도망치는 거죠. 제가 정월대보름 달집태우기를 보려고 서울에서 왔거든요. 어느 책을 봤는데 귀신날을 소재로 한 앤솔러지였어요. 길지도 않아요. 지나치듯 봤고 금방 잊었는데 어느 날 인터넷 검색하다가 청화시 삼웅마을에서 달집태우기 행사 한다는 걸 보고 기억이 돌아오며 호기심이 드는 거예요. 저도 모르게 꽂혔던 것 같아요."

저벅저벅. 뒤따르는 발소리가 가볍고 경쾌했다. 동구 밖 오동나무를 지나칠 때 동화는 나무를 향해 인사했다. 마주 인사하듯 눈을 인 나뭇가지가 흔들렸다. 쌓였던 눈이 택호 뒤로 후드득 떨어졌다.

"어이쿠."

택호가 놀라 동화 뒤로 붙어 섰다.

"이제 조심해야 해요. 길이 미끄러운데 군데군데 가파른 곳이 나와 자칫 크게 다칠 수가 있어요."

산에 들어서자 눈에 발이 푹푹 빠졌다. 산을 오르기 시작하자 택호도 숨이 차는지 말수가 현저히 줄어들었다. 전날 산양을 만났던 길목을 지나고 얼마 후 뒤따르던 택호가 "어?" 하고 소리를 냈다. 동화가 걸음을 멈추고 뒤돌아봤다. 그의 시선을 따라 고개를 돌리자 떡갈나무 옆에 누군가가 서 있었다.

중년의 남자가 동화를 봤다. 간단한 차림새로 보아 등산객 같지는 않았다. 그렇다고 택호처럼 길을 잃은 것 같지는 않았고. 남자는 별말 없이 동화만을 쳐다봤다.

"혹시 아는 분이세요?"

택호가 물었다. 동화는 고개를 내젓다가 문득 저렇게 자신을 쳐다보던 여자가 떠올랐다. 전날 새벽에 서울 집에서 나왔을 때 골목길에서 자신을 빤히 쳐다보던. 남자가 갑자기 나무를 짚고 헛구역질을 했다.

"선생님, 괜찮으십니까?"

택호가 소리쳐 물었다. 순간 동화가 어깨를 떨었다. 벽을 짚고 토하려는 여자의 등을 두들겨 주던 남자가 떠올랐다. 그때의 옷차림과 비슷했다. 할머니의 힘을 이어받아 악귀에게 쫓길 거라는 산양과의 대화도 생각났다. 와닿지 않아 내내 겉돌기만 하던 감정들이 뾰족뾰족 일어났다. 동화는 남자에게 다가가려는 택호를 붙들었다.

"왜 그러십니까?"

"도, 돌아가요."

동화의 말에 우엑우엑거리던 남자가 고개를 홱 돌렸다. 섬뜩한 눈빛이었다. 그에 먼저 반응한 건 택호였다. 동화의 손을 잡고 백화골로 뛰기 시작했다. 남자가 빠른 속도로 쫓아왔다. 몇 번이나 미끄러지려는 걸 서로가 붙들어 주며 뛰었다. 우엑거리는 소리가 점차 가까워졌다.

남자가 동화의 옷 솔기를 낚아챘다. 손을 놓친 동화가 뒤로 끌려가자 돌아선 택호가 남자의 명치를 발로 차다가 균형을 잃었다. 셋 모두가 바닥에 쓰러졌다. 헛구역질하면서도 남자가 동화에게 손을 뻗었다. 그러나 택호가 다리를 붙들어서 손이 채 닿지 않았다. 얼굴이 검게 달아오른 남자가 이내 택호 위로 올라갔다. 택호 얼굴에 고개를 숙인 남자의 벌린 입에서 검은 연기가 흘러나왔다.

"으악! 뭐, 뭐야?"

택호가 소리를 내질렀다. 동화가 두 주먹을 꽉 쥐며 달려가 몸을 날려 남자를 택호에게서 떼어냈다. 큰 충격에 다시금 정신을 못 차릴 때 꿀렁거리던 남자가 검은 연기를 허공에 뱉어냈다.

"기필코 김천자 자손의 힘이 성숙해질 때 싱싱한 그 육체를 얻을 것이다!"

무언가가 내지르는 괴성이 동화의 귀를 먹먹하게 했다. 동화는 귀를 틀어막으며 힘겹게 일어났다. 허공을 떠돌던 검은 구름이 쏜살같이 동화에게 날아갔다.

"어딜 감히 내 손녀한테!"

하얀 기운이 검은 연기에게 달려들더니 그 연기를 옥죄고 뜯어냈다. 흩어진 연기는 금세 사라졌다.

"살아서는 네놈을 못 죽였으니 죽은 지금 네놈을 찢어발기리라! 내 남편과 아들과 며느리 원수를 지금 갚겠다!"

"안 돼!"

동화는 발걸음을 옮겼다. 분명 할머니가 눈앞에 있었다. 손을 뻗는데 발밑이 쑥 꺼졌다. 쌓인 눈밭 뒤가 바로 가파른 산비탈이었다. 미끄러진 몸이 비탈길을 굴렀다. 새하얀 세상이 거꾸러지고 솟아났다. 커다란 나무 밑동이 눈앞에 드리울 때 검은 인영이 동화를 붙들었다. 너무도 놀라 심장이 벌렁거렸다.

"하핫." 머리 위에서 한숨 같은 웃음소리가 들렸다. 자신을 붙든 건 보지 않아도 누군지 알 수 있었다.

"산양."

"괜찮으십니까? 매번 이리 넘어지니 산이 요동치지요."

"할머니를 찾았네요."

"네, 동화씨 말처럼 훨훨 날 수 있어서 동화 씨 찾으러 갔다네요. 길이 엇갈렸나 봅니다."

"무척 기운 차 보이시네요."

동화의 말이 웃긴지 산양의 몸이 잘게 떨렸다.

"산양! 내 새끼 괜찮은 거지?"

그에 동조하듯 할머니의 우렁찬 목소리가 메아리쳤다. 산양을 흘끗 본 동화의 두 눈이 뜨거워졌다. 울컥 울음이 터져 나왔다.

"할머니, 미안해!"

택호는 정신을 잃은 채라 방에 눕혔다. 크게 다친 곳은 없었으나 밤새 헤맨 탓에 그대로 잠을 자는 모양이다. 그런 그를 두고 장례는 계속 진행되었다. 모두가 돌아온 할머니에게 다시 인사했다. 진정한 마지막 인사였다.

산양이 창고 문을 열자 그 안에 현란한 오색의 꽃상여가 있었다. 맑게 갠 파란 하늘 밑에 만장이 펄럭였다. 호상인 산양이 할머니의 영정사진을 들고 앞장서자 상여꾼을 자처한 귀들이 꽃상여를 메고 그 뒤를 따랐다. 상여꾼들을 지휘하는 수번의 선창에 맞춰 상여 소리가 허공에 울려 퍼졌다.

가네 가네 나는 가네

살던 살림 헌신 벗듯 벗어 두고

대궐 같은 집을 빈집같이 비워 두고

극락 세계로 나는 가네

'할미 소원은 너만 잘 살면 돼!'

상여 뒤를 따르는 할머니를 꼭 붙든 동화는 어린 날의 그때처럼 할머니의 손을 꼭 잡았다.

딸랑. 오뎅바의 문이 열렸다. 후끈한 온기가 가득한 내부에서 나온 동화는 겨울의 매서운 바람에 쓰러진 앞 간판을 세웠다. 하얀 눈이 점점이 떨어졌다. 아득한 저편을 보던 동화는 볼에 닿는 눈에 화들짝 놀랐다. 가림막을 제대로 고정하는데 시선이 창과 맞닿은 가벽 사이에 닿았다. 며칠 전에 그 사이로 버린 부고장의 존재가 떠올랐다. 동화는 가까이 가서 그 안을 쳐다봤다. 다양한 쓰레기들 위로 잿빛 먼지가 가득 쌓였다. 그러나 어디에도 봉투는 보이지 않았다.

시린 바람에 코끝이 시렸다. 코를 훌쩍이며 동화는 주머니에 손을 넣고 호프집으로 들어갔다.

작가의 한마디

한 영화의 장면 중 누군가의 장례식에서 생전 고인이 좋아하던 노래가 흘러나오는 것을 본 후에 저라면 어떤 노래를 들을지 한참을 고민했던 날이 있었습니다. 매번 그 노래는 달라졌지만, 모두가 저의 죽음에 웃고 떠들고 심지어 춤까지 추었으면 좋겠다는 생각은 변함이 없습니다. 엄숙하고 슬픔이 가득한 죽음을 기리는 것보다 잘 가라는 인사가 즐거웠으면 해서 이 글을 썼습니다. 부디 모든 죽음이 외롭지 않길 바라며.

풍등

이규락

1

내가 열여섯이 되기 전까지, 가장 가까웠던 친구가 있었어.

은우는 내가 열 살 때 전학을 왔어. 키가 크고 건장한 체격의 친구였지. 교탁에서 자기소개를 할 때부터 목소리가 아주 낮고 우렁찼어. 교실의 서열에 민감한 부류의 남자애들이라면, 은우의 등장에 다들 긴장했을지도 모르겠다. 남자애들은 그 어린 시절부터 누가 더 싸움을 잘하고 누가 더 힘이 센지 곧잘 집착하고는 했으니까. 하지만 그건 기우에 불과했어. 은우는 순진한 친구였지. 누구보다 더 잘되거나 말 거나, 누구보다 더 잘나가거나 말 거나 하는 문제에는 별 신경도 안 썼으니까. 오로지 친구들과 재미있게 노는 데에만 관심 있는 아이였어. 나쁘게 말하자면, 현실적인 눈이 별로 없었다고 해야 하나. 축구도 잘해서 반 아이들이 잘 끼워 줬고, 친구들의 말도 곧잘 잘 들어 줘서 반에서 인기 없는 친구들도 스스럼없이 어울려 놀곤 했지.

그런데 은우는 나를 정말 좋아했어.

말을 많이 아끼는 편이라서 그럴까? 아이들은 은우를 곧

잘 놀리고는 했지. 아니, 진심으로 미워서 그렇다기보다는, 잘 받아 주기 때문에 그런 경우 있잖아. 진짜 친하다고 생각하거나 친해지고 싶어서 놀림감으로 삼는 경우. 뭐라고 한들 그저 피식 웃을 뿐이어서, 다들 은우가 마음이 넓은 친구라고 지칭했어. 알게 모르게 여자애들한테도 인기가 많았을 거야. 그런데 나는 그런 은우가 가끔 안쓰럽게 보이기도 했어.

추석 다음 날이나 바로 전날이었을거야. 우리 조상을 이해해야 하는 날이라며, 교장이 그날만은 한복을 입고 오라고 했지. 우리 학교에서는 광복절에 학교에서 태극기를 직접 단다거나 태극기를 그리거나 애국가 외우기 수행평가가 이루어지기도 했거든. 그날 은우가 입고 왔던 건 한복이 아니었어. 솔직히 말해, 나는 중국 전통 의상이든 일본 전통 의상이든 잘 분간하지 못했어. 역사 공부에 관심 한 줌 없던 열 살짜리가 뭘 알겠어? 은우가 입은 옷이 다르다고 깨달은 건 선생님이 교탁 앞으로 불러냈을 때였지. 누가 이렇게 입고 가라고 했는지 호통치자, 은우는 당당하게 대답했어. "저희 할머니요." 선생님은 더 격양된 목소리로, 너희 할머니께서 오락가락하시나 본데, 네가 열심히 공부해서 알려 줄 궁리를 해야 한다고, 할머니를 욕 먹이지 말라고 했어. 은우는 대번에 얼굴이 시뻘게졌어. 은우가 입고 온 옷은 청나라 전통 의복에 가까웠다고 해. 자리에 돌아가고 나서도 아이들은 은우한테 손가락질을 했지. 네가 무슨 황비

홍이야? 너네 가족 중국에 나라 팔았어? 은우는 표정이 구겨졌어. 하지만 누구도 눈치채지 못했어.

나는 아이들한테 그만 좀 하라고 했지.

나? 나는 아무것도 아니었어. 그렇게 친구들이 많지도, 그렇다고 따돌림을 당하는 것도 아닌, 그냥 중간 정도 되는 수준의 아이였지. 그래서 아이들은 멈추지 않았지만… 나중에 은우는 나한테 정말 고마웠다고 했어.

은우가 집에 초대한 사람은 내가 유일했지. 은우의 집은 시내에서 동떨어진 곳에 있었어. 우리 동네는 재개발이 한참 진행 중인 곳과, 논과 밭이 그대로 남아 있는 구간이 있었지. 아파트 고층에서 바라보면 평탄한 지형이 펼쳐진 땅 저편으로 지평선이 보였고, 푸른 하늘이 그 지점까지 감싸인 멋진 풍경이 나타나기도 했지. 가끔 밭 주인들이 화전을 위해 불을 놓으면 아파트로 그 연기가 날아와 입주민들과 다툼이 일어나기도 했어. 평생 서울에서 자란 너는 상상하기 어려운 풍경일지도 모르겠다. 은우의 집은 논두렁이 넓게 펼쳐진 어딘가, 산어귀 즈음에 있었을 거야. 6교시를 마치고 은우네 집을 향하면 항상 해 질 즈음이 되어서, 가로등 없는 논밭 어딘가로 들려오는 새들의 울음이 무섭게 느껴지고는 했지. 하지만 은우네 집에 비하면 그것도 약과였어. 2층짜리 저택 아래, 어른의 키만큼 둘러진 회색 담벼락에는 붉은 글씨가 적힌 부적이 수십 장은 붙어 있었거든….

밤하늘에서 소원이 불타고 있었다.

주혜는 망했다는 생각부터 떠올랐다. 그다음에는 하늘에서 떨어지는 불씨가 눈동자에 떨어질 것 같다는 예감이 들었다. 공중에 걸린 불타는 종이가 군중을 덮치기 시작하면, 몇몇 사람은 단순한 화상을 입는 것만으로 끝나지 않을 것이었다. 그제야 주혜는 비명을 지르기 시작했다.

오랜만에 잡은 여행 일정이었다. 바다를 보면서 마음도 가라앉히고, 지역 식당을 탐방하며 스트레스를 날려 버릴 계획이었다. 이번 여행에서는 남자친구와 꼭 하고 싶었던 일들을 완수하고 싶었다.

정혁은 풍등 행사 참여를 썩 내키지 않아 했다. 환경오염이 걱정된다나 뭐라나. 하지만 주혜는 끈질기게 설득했다. 정혁은 이런저런 핑계를 댔으나 주혜의 완강함에 가로막혔다. 정혁은 하고 싶은 말이 남은 것처럼 입을 뻐끔대다가, 결국 항복하고 말았다.

블로그에서 나불거리는 정보에 따르면, 여수 풍등 축제는 대구 풍등 축제에 맞서 연말연초 관광객을 모으기 위한 맞불 작전으로 개최되었다고 한다. 블로그 주인장의 정보가 사실이든 지역감정을 부추기려는 의도였든, 주혜가 굳이 여수를 고집한 이유가 있었다. 풍등 축제에 참여하고 싶어하는 관광객이라면 대구에 몰릴 가능성이 높았다. 그만큼 여수에서는 여유롭게 풍등 축제를 즐길 수 있을 터였다. 남해 밤바다를 코앞에 두고 이순신 광장에서 소원을 빈 뒤,

밤하늘에 만발한 연꽃처럼 떠다니는 풍등을 안락한 마음으로 감상하고 싶었다. 하지만 당일 주혜는 행사가 본격적으로 시작되기 전부터 표정이 어그러졌다. 모두가 주혜와 똑같은 사고 흐름을 거친 건지 이순신 광장에는 군중으로 바글거렸다. "우리가 즐거운 시간을 보내면 되지." 정혁은 가게에서 산 충무김밥을 주혜의 입에 넣어 주며 위로했다.

둥근 연꽃 모양으로 접힌 종이 풍등에 소원을 적어 내려간 뒤 현장 요원의 지시에 따라 초를 내부 틀에 고정시켰다. 요원들이 돌아다니면서 풍등 안에 불을 붙였다. 마이크를 든 진행자가 신호를 주자 관광객들은 동시에 풍등에서 손을 뗐다. 풍등은 열기구처럼 검은 하늘로 천천히 떠올랐다. 주혜가 사진을 찍으려 핸드폰 카메라 초점을 맞췄을 즈음, 갑자기 종이에 불이 옮겨 붙었다.

정혁은 비명을 지르는 주혜를 감싸안고 뒤로 물러섰다. 현장 요원들이 군중을 이러저리 밀쳐 안전거리를 확보했다. 한 요원은 장대를 뻗어 풍등을 잡아챘다. 주혜와 정혁이 적어 내려간 소원 문구는 잿가루로 변해 휘날렸다. 정혁은 주혜를 품에 안고 괜찮다는 말을 반복했다. 주위의 관광객들은 불에 시꺼멓게 그을린 풍등에 정신이 팔려, 자신들의 소원은 빌지 못하고 있었다. 수군거림이 여기저기서 속출했다. 땅바닥으로 곤두박질친 풍등은 손바닥만 한 종잇조각만 남긴 채였다.

주혜는 어떻게 해야 할지 두리번거리다 사람들 사이의

한 시선과 마주했다.

　군중 틈에서 검은 코트를 입은 남자가 주혜를 바라보고 있었다. 얼굴의 절반이 거미줄 모양의 흉터로 뒤덮인 남자가, 주혜를 쳐다보고 있었다.

"조만간 사고라도 나는 거 아니야? 일주일 동안 운전은 하지 마."

　주혜는 걱정 섞인 정아의 말을 반쯤 흘려들었다. 카페 창밖을 보니 하늘이 먹구름으로 뒤덮여 있었다. 예보에 따르면 며칠 비가 내린 뒤 날씨가 급속도로 추워진다고 했다. 만약 사고가 난다면 얼어붙은 빗길에 타이어가 미끄러지기 때문일 터였다.

　주혜는 차를 타고 서울로 올라오는 동안 아무런 말을 꺼내지 않았다. 운전대를 잡은 정혁은 괜히 미신적인 풍등 하나에 큰 의미를 부여하지 않아도 괜찮다고 위로했다. 풍등은 주혜의 관심 밖이었다. 문제는 행사장에서 눈을 마주친 남자였다. 주혜는 정신이 흐트러지는 바람에 헛것을 봤다고 생각하고 싶었다. 다시 눈을 깜빡이며 고개를 들었을 때, 남자는 사라지고 없었다. 그래서 남자에 대해 이야기하지 않았다. 게다가 평소 정혁은 그런 부분에서 민감하게 굴었다. "미안한데 주혜야, 심각한 질환이 있거나 다치신 분들이 괴물이기 때문에 이상해 보이는 행동을 하는 게 아니야." 언젠가 주혜는 지하철에서 바로 옆자리에 앉은 아주머니가 습관적으로 한 가지 단어를 내뱉으면서 몸을 뒤로 젖히는 동작을 반복하는 바람에 짜증이 났다고 했다. 정혁은 듣는 둥 마는 둥 하더니 주혜의 불평과 욕설이 길어지자 한숨을 내쉬면서 말했다. 그래, 이번에도 군중 속에 서 있던, 안타까운 사연을 가진 한 사람에 불과할 수도 있었다. 하지만… 그 모습이 좀처럼 잊혀지지 않았다. 뒤를 돌아보면, 정혁의 차에 바짝 붙은 거대한 트럭 위에서 흉터에 뒤덮인 남자가 운전대를 잡고 있는 모습이 보일 것만 같았다.

"소원은 뭐라 적었는데?"

정아는 자신이 주문한 아메리카노에는 손도 대지 않고 서 물었다.

"어, 글쎄…? 뭐였더라."

주혜는 라테를 한 모금 마시다 뜨거운 느낌에 눈살을 찌푸렸다. 주위 사물에 시선 주지 않고 빤히 바라보는 정아가 부담스러웠다. 정아는 SNS 문화를 혐오한다면서 그 흔한 디저트 사진 하나 찍지 않았다. 둘은 대학교 시절 인터넷 만화 카페 오프라인 모임을 통해 친분이 생긴 사이였다. 나이는 주혜보다 세 살은 더 많았지만 같은 캐릭터를 좋아한다는 이유로 급속도로 친해졌다. 취업 시기에 블랙 기업을 거르는 방법을 알려 주는 등 도움을 주기도 했다. 남의 SNS에 자신의 사진이 올라가는 것조차 극도로 혐오하던 정아는, 누구보다 사주와 점에는 관심이 많았다. 중요한 결정을 내리기 전에는 꼭 사주 가게에 들르는 건 물론, 근래에는 드디어 믿을 만한 무속인이 생겼다며 점을 보러 갈 때마다 '김 보살님'의 날카로운 조언력에 대해 털어놓기도 했다. 주혜는 사주나 점을 신뢰하지는 않았지만 정아의 이야기를 흥미롭게 경청하고는 했다. 얼마 전에 챙겨 준 부적과 요괴 퇴치용 콩이니 뭐니 하는 선물도 스스럼없이 받았다. 평소 재미 삼아 유튜브로 오컬트 영상을 시청했으니까. 하지만 오늘따라 유독 관심을 기울이는 정아가 영 불편했다.

주혜는 눈을 내리깔며 등받이에 몸을 기댔다.

"뭐, 그냥, 새해 소원이 다 거기서 거기지. 복 많이 받게 해 달라고 적었어."

"…그래?" 정아는 더듬더듬 말을 이었다. "네 남자친구는 뭐라고 적었어…?"

은우의 집에 처음 들어갔을 때 받은 인상은, 영화로 본 옛날 중국의 가옥이나 중국풍으로 인테리어된 중식집 같다는 거였어. 집안 곳곳에 놓인 테이블도 그렇고, 그릇이나 컵, 수저와 젓가락 또한 전통적인 듯 이국적인 풍의 것이 많았지. 은우는 누나가 방에서 책을 읽고 있을 테니 조용히 놀아야 한다고 했어. 거실 한가운데에는 목조 형태의 병풍이 세워져 있었어. 그 앞에 나풀거리는 빨간 도복을 입은 노인이 눈 감고 앉아 있었어. 내가 눈치 없이 인사를 하려는데, 은우가 집중하는 중이시라며 검지 손가락을 세워 입술에 바짝 붙였지.

그 노인이 바로 은우의 할머니였어. 듣자하니 할머니는 아주 오래전에 중국에서 건너오신 분이라고 했어. 한복을 입고 가야 했던 날, 할머니는 자신의 형제가 어린 시절 입었던 옷을 꺼내 입고 가라고 했다는 거야. 그게 바로 가족의 전통 의상이라면서. 내가 한 세 번 정도 놀러 갔을 때였을까. 은우의 할머니가 처음으로 먼저 내게 말을 걸어 왔지. 나를 보더니 집 안에 작은 소사가 있을 예정이니, 부적 하나를 가져가 안방에 붙여 두라고 하지 않겠어. 나는 소사가 무슨 뜻인지도 몰랐지만 부적이 신기해서 대번에 받아 들었지.

며칠쯤 뒤였을까. 아버지가 퇴근하면서 얻어 탄 택시와 승용차 한 대가 들이받는 사고가 일어났어. 우연이었을까? 아니면 진짜로 은우네 할머니의 말이 적중한 걸까? 나는 부모님 몰래 안방 겨울 이불 사이에 부적을 붙여 뒀거든. 그날 아버지는 아무 데도 다치지 않고 집으로 돌아왔어. 후유증조차 없었지.

나는 이 일을 신기해하면서 은우에게 전했어. 그제야 은우는 할머니가 일종의 도사라고 고백했지. 다른 애들한테는 말하지 말아 달라고 부탁했어. 은우는 할머니가 피곤했나 봐. 집 안에 있는 온갖 무구(巫具)는 물론 바깥에 붙여 둔 부적 때문에 어머니가 스트레스가 이만저만이 아니라는 거야. 게다가 할머니는 틈만 나면 미신적인 말을 지껄이면서 이래저래 쓸데없는 일을 지시한다는 거야. 어머니와 아버지는 할머니의 말 때문에 격하게 싸울 때가 잦다고 했어.

그래도 재밌는 추억거리가 생기긴 했어. 열한 살이 되던 해, 정월 대보름 다음 날이었을거야. 하루는 은우의 집으로 놀러갔어. 방에서 레고를 조립하고 있는데 은우네 할머니가 나와 보라고 했지. 은우네 누나의 방에서는 짜증스러운 목소리로 자신은 안 간다고 화내는 소리가 들려왔지. 할머니는 우리를 뒤편 언덕배기로 데려갔어. 우리는 할머니의 명령에 따라 소형 열기구처럼 생긴 물건을 들고 따라갔지. 할머니는 그 소형 열기구가 바로 풍등으로, 자신의 고향에서는 귀신들에게 안식을 주고 소원을 비는 용도로 사용한다고 했지. 마침 음력 1월 16일인 오늘, 한국의 귀신날에 맞춰 본인의 고향 방식대로 뒷산에 존재하는 귀신들을 기리겠다고 했어. 풍습에 맞는 날을 고르되, 할머니 자신은 자신의 신기가 가장 잘 발휘될 수 있는 도구를 써야 한다고 했지.

나와 은우는 할머니가 건네준 붓으로 풍등 사방에 소원을 적어 내려갔어. 부모님이 오래 살게 해 달라, 이번 해에는 1등이 되게 해 달라 등등, 뭐 흔한 소원들이었지. 그리고 깊은 산속을 향해 풍등을 날려 보냈어. 파란 하늘 높이 날던 풍등은 어느 순간 재가 되어 떨어져 내렸어. 고향에서 산불이 나지 않도록, 공중에서 충분히 재가 되어 사라지도록 설계했다나 뭐라나.

그 풍등을 날리는 일은, 나와 은우가 음력 1월 16일, 바로 귀신날마다 반복하는 관습으로 자리잡았지. 그 일이 은근 재밌었거든. 우리만의 특별한 비밀 의례이기도 하고.

그리고 열세 살이 되던 해, 은우의 성격을 완전히 뒤바꾸게 된 사건이 일어났어.

오후가 되자 비가 퍼붓기 시작했다. 정혁의 원룸으로 향하는 골목 어귀에 동네 약국이 보였다. 주혜는 기침이 심하게 나와 약국에서 마스크를 구매했다. 입구에 서니 회색빛 구름에서 쏟아지는 빗줄기 세례가 반투명 커튼처럼 시야를 가렸다. 주혜는 구두코에 튀기는 빗방울을 감상하던 중 정면의 인기척을 느꼈다. 맞은편 슈퍼마켓 처마 아래, 한복을 갖춰 입은 할머니가 서 있었다. 품 넓은 치마가 발끝에 걸쳐 길바닥에 겨우 닿지 않고 있었다. 얼마 전이 설이었는데, 지방에 갔다가 막 올라온 사람일까? 단순한 명절용 한복으로 보기에는 지나치게 색이 화려하고 밝았다. 회색빛으로 새어 버린 머리카락을 보아 일흔은 족히 넘어 보였는데, 허리가 그 누구보다도 꼿꼿했다.

"학생, 혹시 요새 안 좋은 꿈 꾸지 않아?" 들려온 목소리는 오래된 흑백 영화 속 대사처럼 옛되면서도 또박또박했다. 도를 아십니까 같은 부류일까? 주혜는 자리를 피하고 싶었다. "아니, 학생이 아니라, 학생 남자친구인가?" 우산을 펼치던 주혜는 잠시 멈칫했다가, 그대로 골목 안쪽으로 직진했다. "학생, 이거 하나만 지켜. 오늘 가려던 곳 말고 다른 곳은 가지 마." 할머니는 서 있는 곳에서 한 발자국도 움직이지도 않고 고개만 천천히 움직여 말했다.

흔히 마주치는 사이비 포교 무리 따위와는 달랐다. 보통은 불쾌감을 느낄 뿐이었는데, 방금 그 할머니에게서 느낀 감정은 당황스러움이었다. 대체 저 할머니가 요즘 정혁이 악몽을 꾼다는 사실을 어떻게 알았을까?

여행에 다녀온 뒤였다. 새벽녘, 멀쩡히 잠을 자고 있던 정혁이 비명을 지르면서 잠에서 깨어났다. 주혜는 잠에 겨운 목소리로 무슨 일이냐고 물었다. 정혁은 아무것도 아니라고 하며 다시 잠을 청했지만⋯ 다음 날 밤에도 정혁은 비명을 지르며 잠에서 깼다. 어느 날 정혁은 거친 숨을 몰아쉬면서 잠에서 깨지 못한 채 알아듣기 힘든 소리를 끝없이 중얼거렸다. 주혜는 겁에 질려 깨우지도 못하고 모르는 척 잠을 잤다. 그 이후로 주혜는 10시만 넘으면 슬며시 일어나 자신의 집이 출근하기에 편하다는 핑계를 대고 정혁의 집을 나섰다. 잠을 설쳐 핏발 선 눈을 한 정혁이 피곤에 절여진 목소리로 조심히 들어가라고 일렀다.

정아가 말한 것처럼⋯ 소원을 적은 문구가 불태워진 게 무슨 힘이라도 발휘된 걸까? 정혁이 풍등에 적은 문구는 '일사천리'였다. 그 얘기를 꺼내자 정아는 입에 대었던 잔을 테이블에 황급히 내려뒀다. "야, 너 그 문구." 정아는 당황한 얼굴로 말을 멈칫했다. "그냥 말로 가볍게들 하는 소리라서 몰랐겠지만⋯. 아무리 신통한 능력이 없더라도 소원 적어서 올리는 물건에 그 문구가 불태워졌으면 심각하게 받아들여야 해." 주혜는 카페에서 정아의 말을 대수롭지 않게 흘려듣기만 했다. 정아는 임시방편이라면서 무슨 부적을 쥐어 주기도 했다. 진짜 무슨 일이 벌어지는 건 아닐까? 정말? 주혜는 고개를 저었다. 수상한 할머니가 때려 맞힌 말 하나 때문에⋯ 괜한 걱정이라 생각하고 싶었다.

비가 전방에서 대각선으로 내리치는 바람에 우산을 앞쪽으로 기울여 썼다. 아스팔트 중간중간 나타나는 웅덩이를 피해 걷고 있었다. 우산을 부서뜨릴 정도로 퍼붓던 비가 조금씩 그치자, 주혜는 우산을 들어 올려 전방을 주시했다.

골목길에 한 남자가 서 있었다. 남자는 우산도 쓰지 않고 비를 고스란히 맞으며 길 한가운데를 가로막고 있었다. 주혜는 남자의 발끝에서부터 천천히 시선을 들어 올렸다.

남자의 얼굴 절반을 차지한 붉은 거미줄 같은 화상 흉터가 보였다.

주혜는 발걸음을 오던 방향으로 다급히 돌렸다. 이 골목이 아니라도 정혁의 집으로 가는 방법은 많았다. 문제는 남자의 존재였다. 저 남자를 여기서 마주친 건 우연일까? 아니, 우연이어야만 했다. 그렇지 않다면 남자가 여수에서부터 뒤따라왔다는 것 아닌가? 최대한 뒤돌아보지 않고 빠른 걸음으로 빠져 나가기로 했다. 뒤를 돌아보면 남자가 따라오고 있을 것만 같았다. 주혜는 청각에 집중했다. 혹시나 뒤에서 발소리가 들리지 않을까 싶어서였다. 아스팔트 도로를 때리는 빗소리만 들렸다. 모퉁이에 닿자 주혜는 급히 방향을 틀며 곁눈질로 걸어온 골목길을 살폈다. 남자는 아까처럼 그대로 그 자리에서 비를 맞고 서 있었다.

주혜는 핸드폰을 들어 정혁에게 전화를 걸었다. 연결음이 들리는 동안 주위를 돌아봤다. 골목 안에 가게라도 있으면 도움을 구하고 싶었다. 주민 한 명이라도 지나가면 안도할 것 같았다. 정혁의 집으로 가는 길 내내 어떤 가게도, 누군가와도 마주치지 못했다. 정혁은 전화를 받지 않았다. 엎친 데 덮친 격으로 천둥 소리까지 울렸다. 주혜는 뛰기 시작했다. 정아한테 여기까지 같이 와 달라고 부탁할 걸 그랬다고 후회되었다. 정혁의 원룸 빌라 1층에 도착하자 주혜는 벽을 잡고 거친 숨을 토해냈다. 그 남자는 대체 뭘까? 주혜는 안심이 되는 방향으로 생각하고 싶었다. 이 동네 주민인 걸까? 어느 동네에나 있다던 바보 같은 사람? 그래서 그렇게 비를 맞고만 있었나? 적막한 복도에 주혜의 숨소리가 울렸다.

허리를 펴는데 복도 창밖으로 코트를 입은 실루엣이 보였다. 그 남자가 1층 창밖에서 주혜를 내려다보고 있었다.

천둥 소리가 울리자 주혜는 비명을 지르며 뒷걸음질 쳤다. 다급히 우산을 움켜쥐고 앞세웠다. 그때 누군가 주혜의 팔을 움켜쥐었다. 주혜가 팔을 떨쳐 내려고 할 때였다.

"주혜야!"

정혁이었다. 주혜는 목이 메어서 말 대신 신음만 일정한 신호음처럼 새어나왔다. 말문이 막힌 채 팔을 들어 올려 바깥을 가리켰다. 정혁에게 창 밖의 남자를 보라고 일러 두고 싶었는데… 창밖에는 아무도 없었다. 주혜는 힘이 풀려 그대로 주저앉았다.

열세 살이 되었을 때였을까. 나의 세상은 그때가 되기 전까지는 전과 같았어. 은우와는 다른 반으로 흩어져도 여전히 교류가 잦았지. 나는 반에서 어떤 두각도 드러내지 못하는 조용한 성격이었지만, 은우는 항상 어디서든 주목을 받았어. 그래도 우리의 일상이 무너지는 일은 없었어.

한밤중 나를 불러내기 전까지는 말이야.

나는 항상 소식을 늦게 듣는 편이었어. 반면 은우는 늘 소문의 중심에 존재했지. 나는 종종 되돌아보고는 해. 은우가 중심에서 조금이라도 멀었다면, 그렇게 되지는 않지 않았을까? 주목받은 입지에서 벗어난 존재였다면, 은우가 변할 일도 없지 않았을까?

밤중에 걸려온 전화 속에서, 은우는 울먹이는 목소리였지. 나는 겉옷을 챙겨 입고 인근 놀이터로 달려갔어. 가로등의 주황색 빛 아래, 검정색 점퍼를 입은 은우가 그네에 앉아 고개를 푹 숙이고 있었어. 은우는 나와 눈이 마주치자 웃음을 지으면서 그네에서 천천히 일어났지. 그때 은우의 얼굴에는 알지 못할 황량함이 배어 있었어. "진짜 큰일 났어." 은우가 힘없이 말했어. 나는 무슨 상황인지 도저히 몰라서, 그저 내 입에서 숨 쉴 때마다 흘러나오는 입김만 바라볼 뿐이었고.

은우네 집에서 한 아저씨가 전등을 달다가 넘어져서 허리를 크게 다쳤다는 거야. 구급차에 실려 갔다고 했어. 그런데 그 아저씨가 팬티 한 장만 걸치고 있었대. 알고 보니 아저씨는 같은 반 아이의 보호자였대. 아버지가 할머니와 은우, 은우네 누나를 데리고 지방에 내려간 날, 어머니만 혼자 집에 있어야 할 시간에 그 일이 일어났다고 했어. 어찌된 일인지 소문이 전교에 퍼졌다는 거야. 은우는 당장 내일 학교에서 아이들을 바라볼 자신이 없다고 했어. 어머니에 대한 수군거림을 감당할 자신이 없다고, 떨리는 목소리로 털어놓았어. "누나는 며칠째 학교도 안 가는 중이야." 은우가 말했어.

나는 할 수 있는 위로가 별로 없었지. 그건 네 잘못이 아니라는 말밖에는.

다음 날 은우는 학교에 오지 않았어. 다음 날에도, 그다음 날에도 말이야.

학교에 은우가 나타난 날, 모든 아이들이 떠들썩하게 입을 놀렸지. 그날, 한 남자아이가 은우에게 시비를 걸었다가 두들겨 맞았어. 그 남자아이는 미안하다고 울부짖었다고 해. 얼마 뒤 소문을 퍼뜨린 녀석도 은우한테 "밟혔다"는 소식이 들려왔어. 심지어 그 녀석은 학교에서 알아 주는 싸움꾼이었는데.

그렇게 은우는 변해 갔어.

"이중 잠금 다 해 놓고 갈게. 내가 영상 통화 걸 때만 열어 줘."

정혁은 관리인을 불러 이야기를 나누더니 감시카메라를 확인하러 다녀오겠다고 했다. 주혜는 정혁이 옆에 있으면 싶었으나 그냥 고개를 끄덕였다. 방금도 정혁은 관리인과 건물 주변을 돌아보고 온 터였다. "미안해. 아까 전화 못 받아서." 정혁은 씻는 중이었다고 했다. 정혁은 주혜에게서 전화가 여러 차례 와 있는 걸 보고 불안한 마음에 계단을 뛰어 내려온 것이다.

주혜는 정혁에게 있는 그대로 모두 말하지는 못했다. 한 남자가 자신을 따라왔다는 정도로 축약해서 전달했다. 여수 여행에서 본 화상 흉터를 입은 남자가 쫓아왔다고 했다가는, 괜히 관리인한테 이상한 취급이나 당할 것 같았다. 정혁이 돌아오는 대로 자초지종을 털어놓아야겠다고 생각했다.

정혁마저 자신을 안 믿어 주지는 않겠지? 주혜는 정혁의 침대에 가로놓인 이불로 몸을 감쌌다. 그래, 믿음. 주혜는 믿음이 중요했다. 집을 떠나와 엄마와 뜸하게만 연락하는 것도 그놈의 믿음 때문이 아니던가. 고등학교 야간자습을 마치고 현관문을 열자마자 날아오던 빗자루…. 어디다 담배를 몰래 숨겨 놨냐고 고성을 지르던 엄마…. 담배는 피우지도 않는데 왜 그러냐고 받아치자, 세 시간이나 주혜의 머리카락을 붙잡고 놓아주지 않던 엄마. 등골이 오싹해졌다. 주혜는 고개를 가로저었다. 정혁은 본인의 옳고 그름을 날카롭게 내세울지언정, 여태껏 주혜를 믿어 주지 않은 적은 없었다.

정혁은 모든 부분에서 말을 아끼는 부류였다. 정혁의 그런 성격이 답답할 때가 없다고 하면 그건 거짓말이었다. 어쩔 때는 정혁이 솔직히 터놓지 못하고 우물쭈물한다고, 속으로는 다른 이견을 품고 있을지도 모른다고 생각했다. 얼마 안 가 주혜는 정혁이 말을 잘 터놓지 못하는 성격이 아니라 오래도록 고민하는 거라고 여겼다. 정혁에게 주혜와의 관계는 오로지 가볍게 연애를 해 보겠다고 형성된 관계가 아님을, 계속 다듬고 함께 나아갈 것이라고 보증하는 것만 같았기 때문이다.

냉랭한 기운에 괜히 방 안을 둘러봤다. 싱크대 아래편 쓰레기통에 검은 사각형 물건의 모서리가 튀어나와 있었다. 주혜는 무릎으로 기어 다가갔다. 양장으로 된 커다란 책이었다. 이게 왜 쓰레기통에 있는 걸까? 주혜는 책을 들어 올려 제목을 살폈다. '문일초등학교 졸업 앨범'이라는 글자의 은색 박이 눈에 들어왔다. 주혜는 고개를 갸웃거리면서 표지를 넘겼다. 빠르게 페이지를 넘겨가며 정혁의 이름을 찾았다. 곧 어린애 치고 광장히 엄숙한 표정으로 사진을 찍은 남자아이가 나타났다. 주혜는 괜히 웃음을 지었다. 어릴 때도 똑같았구나.

페이지를 덮으려는데, 주혜의 시선을 잡아끄는 사진이 있었다. 또 다른 남자아이의 사진이었다. 주혜는 그 아이의 얼굴이 너무 익숙했다. 페이지를 넘기자 단체 사진이 나왔다. 그 아이는 정혁과 어깨동무를 하고 있었다.

전화가 울렸다. 주혜는 통화 버튼을 눌렀다. 화면에 정혁의 얼굴이 나타났다.

"주혜야, 감시카메라에는 이상한 사람은 안 나온대. 혹시 그 위치가 감시카메라로는 안 보이는…."

"너, 이 사람 알아?"

주혜는 정혁의 말을 잘랐다.

"뭐?"

주혜는 핸드폰 카메라 쪽에 졸업 앨범을 들이댔다. 남자아이 사진 아래에는 '김은우'라는 이름이 적혀 있었다. 이 사람이라고, 비록 이 사진은 나이가 어려서 몰라봤지만, 나는 이 얼굴을 똑똑히 알아보겠다고. 이 사람이 방금까지 나를 쫓아온 거라고, 도대체 이 사람과 무슨 관계냐고, 주혜는 빠르게 쏟아냈다.

한동안 적막 속에서 빗소리만 들렸다.

"…그 아이는…." 정혁은 천천히 입을 열었다. "이제 이 세상에 없어."

아무것도 모르는 듯 순진하게 굴던 친구가, 한 나라의 왕이라도 된 것 같은 행세를 하면 기분이 어떨 거 같아? 은우는 날고 긴다고 하는 수많은 아이들을 때려눕히면서 겪어 낸 사건들이 있겠지만, 나는 적어도 은우가 단번에 변해 버렸다고 느꼈어. 하지만 내심 기분이 좋았을지도 몰라. 은우는 계속 나를 곁에 두고 싶어 했으니까. 중학교에 올라가자마자 모든 남자애들을 박살 낸 다음에도 여전히 나를 친구 대하듯 불러 줬을 때, 수학여행 버스 맨 뒷자리를 차지한 은우가 자기 옆에 앉으라고 손짓했을 때, 내심 가슴속에서 인정받은 기분이었거든. 나도 그 아이와 함께 취해 있었다고 생각해.

하지만 아무런 잘못도 안 한 아이들을 심하게 괴롭힐 때면, 나는 고개를 돌리고 모른 척을 했지. 그렇게 변해 버린 은우가 너무 무서워서. 은우는 주변에 언제나 친구들로 가득했지. 1년에 하루만 빼고. 바로 음력 1월 16일, 우리가 풍등을 날리는 날에는, 은우와 나만의 시간이 시작되었어.

은우네 할머니는 언젠가부터 허리가 아프다고 하면서, 풍등만 전해 주고 사라졌어. 우리는 항상 하던 대로 뒷산에 올랐지. 은우 말로는 할머니가 12월만 되면 그때부터 부지런히 창고에서 풍등을 제작한다는 거야. 필요한 물품은 은우가 철물점을 왔다 갔다 하면서 전해 준다고 했지. 은우는 등에 불을 붙이고 나서 꼭 담배를 입에 물었어. 나한테도 슬쩍 권했지만 내가 손사래 쳤지. 그러면 은우는 "쫄보 새끼."라면서 배시시 웃었어. 우리는 산 저편으로 날아가다

재로 흩어지는 풍등을 바라보면서, 속으로 각자 소원을 외웠어. 언덕배기를 내려오며 함께 과거의 일과 미래의 일에 대한 대화를 나눴지. 은우는 남들 앞에서 채 하지 못했던 책 이야기나 만화 이야기도 서슴없이 털어놓기도 했어.

"근데 말이야." 은우가 말했어. "다른 애들한테는 우리 할머니 이야기 하지 말아 줘라. 우리 집 위치도 알려 주지 말고. 또… 소문에 휩싸이기는 싫어. 이상한 집안 자식이니 뭔지 하는 그런 거."

나는 입을 꾹 다물고 고개를 끄덕였지. 은우를 위로해 주고 싶기만 했어. 오밤중 나를 불러냈던 그날, 은우가 지었던 서글픈 표정이 기억났거든.

그 아이가 저지른 일을 일일이 거론하려면 끝도 없어. 오락실 앞에서 지나가는 꼬마애 아무나 붙잡고 돈을 뜯던 광경도 기억나. 아무 애나 붙잡고 교실 뒤에서 샌드백 행세를 하게 한 적도 있지. 하지만 그중 가장 심각했던 일은 학교 선생한테 복수하려다 생겼지. 발단은 체육 선생이 매일 은우와 그 패거리를 전부 줄 세워서 몽둥이로 엉덩이를 패기 시작한 데에 있었지. 담배 냄새가 나는 거 같다고, 머리가 길다고, 조끼를 안 입었다고, 복도에서 뛰었다고, 아무 트집이나 잡아서 말이야. 하루에도 서른 대씩 얻어맞던 은우는 계획을 세웠어. 버릴 만한 옷을 입고 얼굴을 어떻게든 가린 뒤 동네로 쫓아가 체육 선생의 차를 부수는 거였어. 그리고 바로 흩어져서 아무 공중화장실에나 들어가 옷을 갈아입고 나오는 거였지. 계획은 성공했어. 하지만 알고 보니 그건 다른 선생의 차였다는 거야. 체육 선생은 같은 동네에서 얻어타고 출퇴근한 거였고. 그 사실을 알고 은우는 그 차를 지목한 아이를 죽도록 두들겨 팼어.

"그거 너무 심한 거 아니야?" 나는 용기 내서 은우에게 말했어. 다시 새해가 찾아왔고, 우리는 중학교 3학년으로 올라가기 직전이었어. 은우는 담배를 끄면서 어깨만 으쓱할 뿐이었지. 그날 나는 은우네에서 할머니가 사정하는 걸 들었어. 무슨 일이든 그만두도록 하라고, 그러다 나중에 정말 후환이 생길 거라고, 할머니는 슬픈 눈빛으로 간청했지. 헌데 은우는 할머니를 무슨 잔소리나 하는 학교 선생 보듯 하더니 코웃음치기만 하는 거야. 은우를 멈춰 세울 사람은 나밖에 없다고 생각했어. 내가 아는 은우라면 다시 돌아올 수 있을 거라고…. 그길로 나는 학교에, 그리고 경찰에 승용차를 부순 아이들을 하나하나 다 지목했지.

강력한 처벌은 없었어. 그냥 아이들의 강제 전학으로 끝맺었어. 돌아온 건 은우의 분노였어. 은우는 학교에 찾아와 누가 그랬는지 색출하기 시작했어. 나는 공포로 조용해진 교실에서 아이들을 살펴보다 자리에서 조용히 일어났지.

"나야." 내가 말했어. "나라고. 다른 애들 아니고 나."

은우는 믿을 수 없다는 표정을 지었다가, 찡그렸던 눈썹을 풀었다가, 어떻게 할지 모르겠다는 얼굴을 했어. 그리고 자신을 거스르는 아이들한테는 힘으로 제압하거나 욕이나

한 바가지 퍼붓던 그 애가, 다른 아이들한테는 절대 꺼내지 않을 말을 했지. "네가 나한테 어떻게 이럴 수 있어?"

나는 학교가 끝나자마자 산으로 끌려갔지. 나와 은우가 풍등을 날리던 그 산에. 은우는 뒤편의 나무 둥치에 앉아 끊임없이 담배를 태우면서 나를 바라봤어. 다른 놈들이 나를 신나게 두들겨 패기 시작했지. 나는 비명을 지르고 싶지 않았어. 하지만 어쩔 수 없이 흘러나오는 신음은 막을 수 없었어. 몇 대나 얻어 맞았을까, 하늘이 어둑어둑해지고 있을 때, 은우가 슬며시 말했어. "그만해."

은우는 나에게 천천히 걸어왔지. 그리고 만신창이가 된 내 얼굴을 살펴봤어. 그때 그 아이가 지었던 표정이 어땠는지 나는 몰라. 나는 겨우 은우에게 하고 싶은 말을 꺼냈으니까.

"이제 됐어?"

그렇게 나와 은우의 관계는 끝났어.

은우에 대한 소식을 다시 들었던 때는, 열여덟 살 겨울이 되던 해였어. 눈이 내린 길을 걷고 있을 때 어디선가 전화가 왔지. 전화를 준 친구는 예전에 은우 패거리에 속해 있던 애였어. 나와 가깝게 지내던 아이였지. 나를 단체로 폭행하던 현장에 유일하게 없던 아이였기도 했고. 녀석은 머뭇거리다가 말했어. 은우가 죽었다고, 창고에서 담배를 피우다가 불이 사방으로 옮겨붙었는데, 그곳에서 은우 혼자 빠져 나오지 못했다고. 자기 집에서 할머니를 구해 놓고 정작 본인은 탈출하지 못했다고, 그렇게 은우가 갔다고. 나보고 장례식에 올 수 있냐고….

그날 나는 은우가 나를 그 오래전, 한밤중 불러냈던 놀이터로 향했어. 은우가 앉아 있었던 그네 앞에 서자 눈물이 나왔어. 나는 슬퍼하지 말았어야 했을까? 악당 따위 잘 가 버렸다고 생각했어야 했을까? 녀석은 슬퍼해 줄 자격조차 없었을까? 그럴지도 몰라. 하지만 내게서 저절로 흐느낌이 새어 나오는 걸 막을 수 없었어….

2

"여기, 예전에는 깡촌에 다 비닐하우스였는데."

정혁이 기억하는 풍경은 이제 존재하지 않았다. 주혜는 그렇게 단정했다. 두 사람이 찾은 곳에는 아파트로 이루어진 숲이나 주택가뿐이었으니까. 운전하다가 지나친 식당가에 고깃집이나 카페, 파스타 식당이 아무렇게나 어우러진 듯한 모습은 서울에서 보던 식당가와 별반 다를 바 없었다. 사람이 좀 더 드문드문 다니고, 프렌차이즈 가게가 띄엄띄엄 있다는 게 좀 다를까. 정혁은 여기저기로 차를 몰면서 이렇게 저렇게 바뀌었다고 중얼거리기 바빴다.

두 사람은 놀러 온 게 아니었다. 하지만 주혜는 데이트를 하는 것처럼, 긴장하지 말고 받아들이고자 다짐했다. 정혁은 주혜를 안내해 학원가를 산책하고, 이제는 안경점으로 바뀐, 중학생 시절 자주 들렀던 분식집이 위치했던 건물을 기웃거리다가, 한 편의점을 가리켜 전에는 동네 문방구였다고 알려 줬고, 해가 점차 기울고 붉은 기운이 내려앉는 초등학교 벤치에 앉아 잔디밭이 깔린 운동장을 턱짓했다.

"여기 다 모래밭이었는데. 좋아졌네."

정혁이 어린 시절 자주 들르던 장소를 돌아보자는 건 주혜의 제안이었다. "그러다 보면 조금 나아질 수도 있잖아." 그리고 장소에 따라 기억을 복기하다 보면, 그 일이 일어난 곳을 마주하는 데 충격이 덜할 수도 있지 않을까.

해가 지자 정혁은 신축 아파트들 뒤로 솟아오른 산등성이를 향해 차를 몰았다. 하늘이 어둑해지고 가로등이 밝혀졌다. 가까워질수록 높아지는 산등성이의 어두운 실루엣이 꼭 자동차를 향해 느린 속도로 덮쳐오는 검은 해일을 보는 것만 같았다. 아파트 숲이 끝나는 외곽에 이르자 주변을 지나는 차량의 수가 눈에 띄게 줄어들었다. 신호를 기다리던 중 주혜는 옆에 선 파란 트럭을 유심히 뜯어봤다. 트럭 문이 열리고, 얼굴에 흉터 가득한 남자가 내린다면…. 주혜는 고개를 저었다. 신호가 바뀌자 트럭은 그대로 출발했다.

정혁은 산기슭에 차를 세우고 숲속을 바라보며 방향을 가늠했다. 심호흡을 크게 내쉬고는, 차에서 내려 산길을 오르기 시작했다. 잎이 다 떨어져 내린 나무들이 뼈 같은 회갈색 가지를 뻗고 있었다. 등산로를 오가는 사람은 없었다.

멈춰 선 정혁은 핸드폰을 유심히 들여다보다가, 그 불빛으로 머리 위의 나뭇가지를 비추었다. 나뭇가지 하나에 무명끈이 달려 있었다. 두 사람은 무명끈이 달린 나뭇가지 아래로, 등산로 너머의 길로 나아갔다.

한참 걸어 올라갔을까, 한복을 차려입은 노파가 산간 어둠 속에 서 있었다. 노파는 두 사람에게로 걸어오기 시작했다. 걸음걸이는 허공에 내딛는 것처럼 가벼웠다. 주혜는 노파가 낯익다고 생각했다.

"어디였는지 기억하고 있어?"

"네, 기억해요."

정혁은 고개를 끄덕였다.

여기서 더 캐물어야 할까? 저 말대로라면 나는 지금껏 무엇에 시달려 왔던 걸까? 정혁이 떨리는 목소리로 터놓은 이야기를 들은 주혜는 코트를 걸쳐 입고 베란다로 나왔다. 정혁은 세상을 떠난 그 친구가 이제는 꿈속에서 찾아온다고 했다. 얼굴에 화상 자국이 남은 모습으로. 주혜가 고개를 숙이니 손이 덜덜 떨리고 있었다. 단순히 냉기 때문이 아니었다. 빗줄기가 떨어져 미세한 진동음이 울리는 난간을 주시했다. 내가 이상한 병에라도 걸렸다는 말일까? 아니면 정혁이 나를 속이는 건 아닐까? 한꺼번에 여러 가지 질문이 머릿속을 쑤셔왔다.

이런 일을 겪었을 때 연락할 만한 사람은 단 한 명이었다. 그리고 이야기를 다 터놓았을 때, 정아는 잠시 침묵을 지켰다.

"듣고 있어?"

설마, 정아가 이 이야기를 듣고 미친 사람 취급하지는 않겠지. 주혜는 손바닥에 손톱 자국이 남도록 주먹을 꽉 쥐었다. 엄마가 떠올랐다. 다른 학부모의 입놀림에 넘어가 학원에 보내 놓고는, 친구들과 떡볶이라도 먹고 오면 이 시간까지 뭐했냐고, 이상한 남자애 사귀면서 꼬리나 흔들 생각 아니냐고, 설마 학원 선생님 꼬시고 다니는 거 아니냐며 목청껏 고함지르고 손에 잡히는 전화번호부를 던지며 의심을 하던 사람. 너도 나중에 아이를 낳으면 똑같이 대할 거라고, 이렇게 하는 이유가 있다고 말하던 엄마. 주혜는 입술을 깨물었다.

"원한령이네. 원한이 엉뚱한 너까지 위협하는 거야." 정아는 한숨을 쉬면서 말했다. "김 보살님 한번 만나 보자. 내가 해 줄 수 있는 게 그것뿐이어서 그래."

"알았어. …고마워. 정말."

"자네하고는 구면이지?"

나무 사이로 난 길을 걷던 김 보살이 주혜에게 고개를 살짝 돌리고는 물었다. 주혜도 기억이 났다. 정혁의 집으로 가던 도중 약국 앞에서 만난 그 할머니. 김 보살이라는 이 도사 양반은, 요즘 무속인들이 다들 하나씩 개설한다는 개인 사이트는 물론, 사진 박힌 명함조차 없었다. 정아는 입소문으로 알음알음 찾아가는 집이라고 했다. SNS를 극도로 혐오하는 정아가 다닐 만한 집이라고 생각했다. 전화 통화는 가능했지만 그것마저 정혁 혼자서 오라고 했다. 원한령이 두 사람의 기운이 헷갈려서 쫓아다닐 수 있다면서.

주혜는 김 보살 이야기를 꺼내자마자 정혁이 승낙하고는 한번 방문해 보겠다고, 전화 상담이라도 해 보겠다고 말한 게 고마웠다. 유년 시절 자주 보던 할머니가 무속인이어서 낯설지 않았던 걸까? 상담을 마치고 돌아온 정혁은 김 보살이 팥이나 소금을 집어던지는 쇼 같은 것 없이 처음부터 진중하게 들어 줬다고 했다. 그날 얻어온 염주를 주혜는 베개 밑에 넣고 잤다.

"문제가 있어. 우리가 함께 은우와의 기억이 남은… 내 고향으로 가야 한대. 정월 대보름 다음 날, 1월 16일에."

1월 16일. 그날에 가장 혼의 기운이 짙어진다고, 김 보살은 말했다. 주혜는 걱정스럽게 할 수 있겠냐고 물었다.

"해야지."

정혁은 힘없이 대답했다.

김 보살은 숲길이 끝나는 어느 공터에 이르렀다. 주혜는 주위를 둘러보았다. 비탈길 아래 얼마 안 되는 거리에 높다랗게 세워진 가로등이 보였다. 가로등 근처에는 운동 기구들과 간이 화장실이 설치되어 있었다.

"혹시, 저 공원길이 아니라 여기로 온 이유는…?"

"잡귀들이 따라오기 어려운 길로 온 거지. 자, 잔말 말고 이거 드시게. 이 산에는 기대 이상으로 영의 기운이 강하네."

김 보살은 저고리 사이에서 호리병 하나를 꺼냈다. 정혁은 의심스럽다는 듯 눈동자를 이리저리 굴리다가, 결국 받아들고는 한 모금 마셨다. 주혜는 주위를 둘러보았다. 이 공터가 바로 정혁이 열여섯 살에 아이들에게 둘러싸여 얻어맞았다고 하는 그 장소였다. 여기서 무속 의식을 진행한 뒤에는, 불탄 은우의 집이 존재했던 터로 가야 한다고 했다. 주혜는 그 생각을 하자 왠지 욕지기가 치밀어 올랐다. 눈앞이 어지러웠다. 정말로 사람이 죽은 장소에 가야 한다니. 토할 장소가 필요했다.

"이건 마시고 가게."

잠깐 간이 화장실에 다녀오겠다고 하자, 김 보살이 병을 들이밀며 재촉했다. 호리병에 든 액체를 마셔야 일정 시간 동안 이 산의 지박령들에게서 보호받을 수 있다나. 주혜는 반년 전 정혁과 함께 마셨던 고량주를 떠올리며 한 모금 마시려 했다. 휘발유처럼 매캐한 기운이 목을 차지했다. 주혜는 토악질이 올라오는 걸 참으면서 액체를 삼켰다. 구역질은 여전히 가시지 않았다. 주혜는 입을 틀어막고 산길을 달려 내려갔다. 간이 화장실 옆에 다다랐지만 문을 채 열지 못하고 풀숲에 토악질을 하고 말았다.

어디선가 흥얼거리는 여자 목소리가 들렸다. 고개를 들자, 풀숲 뒤에 거대한 바위 하나가 보였다. 바위 위에 앉은 검은 실루엣이 나타났다. 가로등 불빛이 머리가 하얗게 센 할머니를 희미하게 비췄다. 할머니는 중국 시대극에 나오는 사람처럼 목까지 올라오는 청나라 전통 의상을 입고 있었다. 무릎에 사각형 형태의 등을 올려놓고 매만지는 중이었다. 언제부터 계셨던 거지? 주혜는 고개를 끄덕여 인사하고는 지나치려고 했다.

"어서 산을 내려가게."

할머니가 말했다.

"예?"

"같이 온 그 도사인지 뭔지 믿지 말고 정신 차리고 내려가라고." 할머니가 등을 주시하면서 말했다. 등 안에서 불빛이 솟아올랐다. 할머니가 바위 위에서 무릎을 일으키자, 등불이 허공으로 떠올랐다. "안 그러면 같이 온 젊은 남정네도 죽을 거야. 그러니까, 잠에서 깨어나게."

주혜는 눈을 떴다.

등산로가 보이지 않는, 온통 나뭇가지가 솟아오른 숲속이었다. 아직 한밤중이었다. 언제부터 정신을 잃었던 걸까? 머리가 지끈거렸다. 뜨거운 액체가 뱃속을 휘젓는 기분이었다. 방금 그건 꿈일까? 꿈이라면, 언제부터? 내가 액체를 마신 직후부터? 아니, 여긴 어디야? 눈이 어둠에 익숙해지자, 숲의 나뭇가지들이 오색 끈으로 장식되어 있었다. 코앞의 어둠 속에 무덤의 봉분처럼 쌓인 돌무더기가 보였다. 그

앞에 검은 머리를 풀어헤친 한 여자가 등을 내보인 채 무릎 꿇고 앉아 있었다. 여자는 고개를 숙이고서 속삭이는 목소리로 무언가를 끊임없이 읊조리는 중이었다.

돌무더기 옆에는 정혁이 선 채로 기절해 있었다. 오색끈이 정혁의 몸과 다리를 나무에 단단히 엮고 있었다.

"깨어났니?"

무릎 꿇고 있던 여자가 뒤돌아 일어섰다. 친숙한 목소리였다. 가까이 다가오는 여자의 얼굴 윤곽이 서서히 드러났다. 왼손에 한뼘 크기의 은빛 칼을 쥐고 있었다.

"정아 언니?"

대체 왜 정아 언니가 여기 있는 걸까. 정아는 고개를 까딱하더니, 무표정한 얼굴로 정혁에게 다가섰다. 오른팔을 높이 들었다가, 정혁의 뺨을 손바닥으로 세게 내리쳤다. 정혁은 헉, 하는 소리를 내뱉으며 눈을 떴다. 정혁은 정아를 유심히 쳐다보다가 눈을 크게 떴다. 분명했다. 서로 아는 눈치였다. 하지만… 어떻게? 정혁과 정아는 서로 한 번도 만난 적도 없었고 얼굴을 알지도 못했다.

"은우는 말이야. 내 골칫덩이 동생이었어." 정아가 입을 열었다.

뭐라고?

"그 아이는, 고통스럽게 죽었어. 아무리 쓰레기 같은 아이였어도, 그렇게 가 버리는 건 아니라고 생각하지 않니? 정혁아, 그리고 사람이 죽은 거 가지고 그렇게 거짓말 하면 안 되는 거야."

정혁은 눈을 내리깔고는 아무런 말도 하지 않았다.

"뭐가, 뭐가 거짓이라는 거야? 아니, 정아 언니, 이게 무슨 일이야?"

주혜는 어느 때보다 머릿속이 혼란스러웠다. 정아는 정혁의 뺨을 한 대 더 세게 내리쳤다.

"상관없어." 정아는 주혜를 돌아봤다. "우리 할머니는 신험한 능력을 남을 저주하는 데에, 누군가를 해하는 데에 사용하지 말라고 생전에 말씀하셨지. 이제는 알아. 할머니가 틀리셨다는 걸. 주혜야, 너는 안전하게 내려갈 수 있을 거야. 하지만 네 남자친구는 아니야. …이 산에 묻힌 사람이 몇이나 되는 줄 알아?"

이게 무슨 소리인 걸까. 저 칼로 찌르기라도 한다는 건가? 주혜는 정혁에게로 시선을 돌렸다. 정혁은 마치 전부를 포기한 사람처럼 고개를 떨구고 있었다.

"정확히 넷이야. 내 동생을 불 속에 들어가게 만든 녀석들. 그리고 마지막으로, 너만 남았어."

정혁은 얼굴을 들었다.

그래, 모든 게 사실은 아니야. 나는 거짓말을 했어. 내가 눈 오는 학원가를 걸었던 그날, 전화를 건 녀석이 가져다준 소식은 은우의 죽음이 아니었으니까. 그리고 내게 전화를 건 녀석은 나를 두들겨 패던 놈들 중 한 명이었으니까.

녀석이 내게 한 말은 다른 거였어. 복수. 이제 은우의 독재에 지친 똘마니들이 당장 몇 시간 뒤에 은우를 상대로 엿을 먹일 계획이라고 했지. 은우가 집을 비운 사이 은우의 방으로 몰래 기어들어가 은우가 아끼는 통기타를 불태울 거라고 했어. 몇 시간 뒤에 실행할 거라고 했지. 나는 생각이 없다고 했어.

"그때 맞은 거 억울하지 않아?"

당연히 억울했지. 하지만 직접 때린 건 은우가 아니고 바로 너잖아. 나는 아무 말도 꺼내지 않고 그대로 전화를 끊었지. 그리고 수십 분 동안, 은우네 집에 전화라도 걸어야 할까, 혹은 은우한테 알려 줘야 할까, 고민을 했지. 결국 나는 아무것도 하지 않고 그대로 집으로 향했어. 몇 시간쯤 지났을까. 근심이 사라지지 않아서 나는 버스를 올라타 은우네 집 근처 정류장으로 갔어. 그런데 검은 연기가 높이 치솟는 게 보이지 않겠어. 정류장에 내리자마자 달려가려고 할 때, 소방차가 사이렌을 울려대며 논밭을 지나쳤지.

은우네 집 근처에 도달했을 때, 담벼락 너머에 불타오르는 저택과 호스로 물을 뿌리는 소방관들, 논길에 망연자실 앉아 있던 은우네 할머니와 은우의 이름을 부르짖는 어머니, 그리고 자꾸만 치솟는 불길 사이로 뛰어들려는 바람에 소방대원들한테 가로막힌 아버지, 아무 말도 하지 않은 채 불꽃을 바라보던 은우네 누나가 있었지…. 나는 무슨 일이라도 일어났냐고 물어보려다 발길을 돌리고 말았어. 그 순간 은우네 누나랑 눈을 마주친 것도 같아. 나는 그대로 집에 돌아갔어. 나한테는 용기가 없었어….

은우가 바깥에서 막 돌아왔을 때, 은우에게 복수를 하려던 네 명의 아이들이 도망가고 있었다고 했지. 녀석들이 놓은 불길은 이미 집을 휘감고 있었어. 은우는 정신을 잃은 가족들을 겨우 깨우거나 업어서 밖으로 내뺀 뒤, 통기타를 가지러 들어갔다가 영영 돌아오지 못한 거야.

"우리도 그렇게까지는 할 생각이 아니었어. 엿이나 먹여 줄 심산이었다고…."

나중에 똘마니 하나가 나한테 이렇게 말했어. 그리고 이 이야기를 꺼내면 너도 공범이라고 꼰지를 테니 그렇게 알라고, 학창 시절 내내 후배들을 풀어 네 인생을 지옥으로 만들 거라고. 그렇게 말했어.

그 시절 나는 그저 은우를 생각하면서 우는 것밖에 할 수 없다고 생각했어. 아니, 이건 다 변명이야. 비겁한 나의 변명….

"네 아빠가 우리 집 재산 가지고 도박에 죄다 퍼부어 버린 거 아니?" 따로 살 집을 구하자, 엄마는 한껏 자부심 느끼는 표정을 띠고 이렇게 말했다. "난 그걸 방지하려는 교육을 하는 거야. 네 유전자가 어디 가겠니. 너도 사람한테 속지 말고. 나중에는 엄마한테 고맙다고 생각할걸?"

주혜는 집을 떠나오면서 다시는 엄마의 충고 따위 듣지

않아도 되는 것에 안심했다. 하지만 엄마가 맞았을까. 정아는 언제부터 계획을 하고 있었던 걸까? 처음부터일까. 아니, 애초에 정혁을 만나지 않았으면, 정혁이 숨긴 과거가 아니었다면 이런 고민 따위 할 일 없었으리라.

정아는 주혜의 심정 따위 안중에도 없어 보였다. 오히려 진실이 드러났다는 것에 즐거워하는 것 같았다. 수십 분 전부터는 사지가 묶인 정혁의 주변을 빙빙 돌며 자신의 목덜미 근처에 칼을 대고 끝없이 주문을 중얼거렸다. 달빛에 비친 주혜의 얼굴은 창백했다. 흰 분을 칠한 것처럼, 핏기 없는 시체처럼 보이기도 했다. 주혜는 팔다리에 힘이 들어가지 않았다. 아까 삼킨 액체가 신경을 마비시켜 놓기라도 한 것 같았다.

제멋대로 몸통이 뒤틀린 나무들 사이의 어둠 속에서 김 보살이 나타났다. 김 보살은 항아리 하나를 이고 있었다. 역한 냄새가 항아리 안에서 풍겨왔다. 주혜는 정혁을 속박했던 오색 끈을 칼로 끊어 버렸다. 정혁은 힘이 풀린 듯 무릎을 꿇었다. 주혜와 마찬가지로 액체의 영향을 받는 듯했다. 김 보살은 정혁의 머리 위에 항아리를 엎었다. 강아지풀처럼 생긴 작고 긴 물체들이 정혁의 머리카락과 목덜미 안으로 쏟아졌다. 주혜는 다시 구역질할 뻔했다. 정혁의 몸에 끼얹은 건 수많은 송충이들이었다. 정혁은 자신의 몸에 꿈틀거리는 송충이들 때문에 눈을 질끈 감고서는 아무런 말도 꺼내지 않았다. 정아가 정혁의 손목을 잡아채더니 팔뚝을 걷어붙이고는 칼날로 팔 한쪽을 베었다. 그리고 손바닥으로 정혁의 팔뚝에 길게 새겨진 상처를 문질렀다. 정혁은 신음을 흘렸다. 정아는 손에 묻은 핏방울을 오색 끈이 묶인 나무들 하나하나의 뿌리에 떨어뜨렸다.

"이제, 고통이 시작될 거야."

정아는 웃음을 흘리고는 돌무더기 앞에 무릎 꿇었다.

주혜는 산속에 안개가 끼는 것이 느껴졌다. 풀숲에서 새하얀 연기처럼 보이는 무언가가 숲을 둘러싸기 시작했다. 이내 그 새하얀 기운은 사람의 형태를 띠어 갔다. 안개가 아니었다. 밤의 산숲은 흰 얼굴을 가진 사람으로 가득 찼다. 저승길을 받아들이지 않고, 아직 이 산속에 남은 존재들이 사방을 포위해 오고 있었다. 주혜의 눈앞에 빠르게 어떤 장면이 스쳐 지나갔다. 과거에 이 숲에서 일어난 일이었다. 정혁처럼 돌무더기 앞에 끌려와 무릎 꿇린 남자가, 흰 얼굴을 한 사람들에게 붙잡혀 산 채로 찢겨 죽었다.

주혜는 땅을 짚고 어떻게든 일어나고 싶었다. 눈앞에서 정혁이 죽는 꼴을 볼 수 없었다. 하지만 이미 한 존재가 정혁의 등 뒤로 도달해 있었다. 얼굴이 거미줄 같은 화상 자국으로 덮인 코트 차림의 남자, 은우였다. 흰 얼굴을 가진 존재들이 은우가 정혁에게로 허리를 숙이는 모습을 지켜보았다. 정아는 웃음을 띤 상태로, 정혁이 완전히 쓰러지지 않도록 어깨를 붙잡았다. 정혁은 눈꺼풀이 거의 감긴 상태로 은우를 쳐다보고 있었다.

은우가 정혁의 귀에 대고 무언가를 속삭였다.

그리고 은우는 그대로 걸어 숲속으로 나아갔다.

"은우야?"

정아가 외쳤다. 하지만 은우는 뒤돌아보지 않고 산의 어둠 속으로 계속 나아갔다. 나타났을 때처럼 조용히. 정아는 은우의 뒷모습에 대고 계속 그 이름을 부르짖었다. 하지만 은우는 돌아보지 않았다. 숲을 둘러쌌던, 하얀 얼굴을 가진 자들이 안개가 밀려날 때와 같이, 느릿하게 어둠 속으로 모습을 감추었다.

동이 트고 있었다.

주혜는 정신을 잃기 전, 등불을 들고 있는 할머니가 해를 등진 채 자신을 바라보고 있었던 것만 같았다.

쾌청하게 트인 하늘 높이에서 불이 타오르고 있었다. 주혜와 정혁은 자신들이 쏘아올린 풍등이 재가 되는 모습을 바라보고 있었다.

둘이 정신을 차렸을 때 남아 있는 건 돌무더기뿐이었고, 정아와 김 보살은 보이지 않았다. 정혁의 품에는 풍등이 하나 놓여져 있었다.

정혁은 품에서 라이터를 꺼내, 말없이 풍등 하단에 불을 붙였다. 풍등은 허공으로 천천히 날아오르기 시작했다.

주혜는 정아를 다시 만나지 못할 터였다. 정아의 진짜 인생이 무엇이었는지, 어디서 어떻게 살아가고 있는지조차 제대로 알 수 없을 터였다.

"은우가 말이지." 정혁이 잿가루가 휘날리는 하늘을 응시하며 말했다. "나한테 미안했다고 하더라. 그리고 자기한테 나는 미안해할 일은 없다고 했어. 그렇게만 말하고 떠났어."

정혁은 옷깃으로 눈가를 문질렀다. 정혁은 눈물을 흘리고 있었다. 울먹이고 있었다. 주혜는 가만히 쳐다보다가, 정혁의 몸에 머리를 기대었다. 그리고 이런 정혁과 함께라면 다시 시작할 수 있을 거라고, 모두가 틀렸다고, 어렴풋이 생각했다.

풍등은 완전히 바스라진 채 재가 되어 파란 하늘로 사라졌다.

작가의 한마디

사람은 때때로 어찌할지 모르는 사건과 마주하고는 합니다. 내가 가해의 주체는 아니지만, 완전무결한 피해자도 아닐 때, 어떤 진실을 모른 척 방관할 수밖에 없는 사건과 마주하고는 하죠. 그리고 되돌아봤을 때 다시 질문을 던지게 됩니다. 내가 과연 그때 최선을 다했는가? 내가 정말 '어쩔 수 없이' 방관만 했어야 했나?

과거로부터 귀신은 어떤 원한을 가진 존재로 주로 그려졌습니다. 그리고 그 원한은 대개 지배 이데올로기로 인한 억울한 민중의 이야기를 그리고는 하죠. 저는 이전에 지배 이데올로기를 폭로하는 귀신 이야기를 이미 쓴 적이 있습니다. 그렇다면 현대의 귀신 이야기는 어때야 할까요? 좀 더 현대의 사적인 이야기로 승화하자면 말이죠. 개개인과 밀착된, 선악을 쉽게 구분하기 힘든 사연이어야 하지 않을까요? 그렇다면 누구나 가슴속에 품고 있을 법한 과거의 후회와 연관되어야 하지 않을까요? 과장해서 말하자면, 현대의 귀신이란 과거에 우리가 쉽게 놓쳐버린 기억을, 다시 눈앞에 소환해 재인식하게 만드는 매개이지 않을까 싶은 것입니다. 저는 이러한 현대적 귀신들에 대한 이야기들이 궁금합니다.

곱슬머리 송유진

전효원

그날 아침 유진은 인터넷에서만 봤던 1호선 장군을 직접 목격했다. 동그란 금속판이 용의 비늘처럼 촘촘히 박힌 갑옷에 빨간 술이 달린 투구까지 쓰고 수염을 기른 사람이었다. 서울 지하철 1호선엔 별별 이상한 사람들이 출몰했고, 장군도 그중 하나로 소셜미디어에서 나름 유명했다. 다른 승객들은 하도 자주 봐서 그런지, 혹시라도 말을 걸까 봐 그런지, 장군에게 눈길조차 주지 않았다.

유진도 그러고 싶었다. 괴상한 코스프레 할배에겐 신경 끄고 일에 집중하고 싶었다. 문제는 장군이 꼿꼿이 선 채로 유진을 뚫어져라 쳐다보고 있다는 점이었다. 뭐야? 유진이 눈에 힘을 주고 시선을 맞받았다. 하지만 장군은 표정의 변화 없이 동상처럼 서서 유진을 지켜볼 뿐이었다. 결국 유진이 먼저 눈을 피하고 말았다. 켕기는 게 있는 사람이 먼저 숙이는 법이다.

본 건가? 유진의 손이 패딩점퍼 주머니 안에서 지갑을 만지작거렸다. 세 변이 지퍼로 둘러졌고 역삼각형의 로고가 붙은 그 지갑은 조금 전까지만 해도 유진의 앞에 서 있는 여대생 언니의 배낭 안에 두꺼운 책들과 함께 들어 있었다. 주인 모르게 지갑을 빼내는 건 자신 있었다. 지갑 주인의 귀에 에어팟이 꽂혀 있고 온 신경이 스마트폰으로 재생 중인 영화에 쏠려 있는 덕분이기도 했다. 화면에선 머리가 하얗게 센 이솜이 위스키를 홀짝이고 있었다.

유진은 지갑이 이동하는 과정을 장군이 본 거라고 확신했다. 그게 아니고서야 저렇게 계속 쳐다볼 이유가 없지 않은가. 재수 없게스리. 장소를 옮겨야 했다.

지하철이 시청역에 도착했다. 우르르 내리는 사람들 틈에 끼어서 유진도 하차했다. 2호선으로 갈아타려고 걸음을 재촉하는 인파의 흐름에 잠시 합류했다가 한쪽으로 빠졌다. 벤치에 앉아 태연스럽게 지갑을 꺼냈다. 다리를 꼬고 발을 몇 번 까딱이다 문득 생각난 듯 지퍼를 열었다.

이런 씨! 입에서 욕이 절로 나왔다. 지폐를 넣는 칸이 천원짜리 한 장 없이 텅 비어 있었다. 요즘엔 다들 신용카드니 무슨 페이니 해서 좀처럼 현금을 지니고 다니지 않는다. 카드는 절대 욕심내면 안 돼. 그게 엄마의 롱런 비결이란다. 유진은 빼곡히 꽂힌 카드들을 무시하고 똑딱이 단추를 열었다. 100원짜리 동전 하나가 들었다. 짧은 한숨을 뱉으며 동전을 꺼내고 지퍼를 닫았다. 명품 지갑이라 비쌀 텐데, 당근이라도 할까. 오직 현금만 갖는 거야. 그게 엄마의 롱런 비결이란다. 유진이 아까운 듯 지갑을 감싸 쥐고 쓰다듬다 일어나서 걷기 시작했다. 각종 테이크아웃 음료 컵이 가득한 휴지통을 스치며 지나니 유진의 손은 비어 있었다.

전광판에 인천행 열차가 곧 도착한다는 안내문이 표시되었다. 유진은 나이가 어느 정도 있는 사람을 노려야겠다고 마음먹으며 계단에서 가까운 스크린도어로 향했다. 나이 든 사람들은 계단을 내려와서 멀리 가지 않을 것이고, 상대적으로 현금을 쓸 가능성이 컸다. 투명한 스크린도어엔 어쭙잖은 문장을 줄 바꿈 몇 번 했답시고 시입네 주장하는 흰 글자들이 있었다.

순간 유진이 발을 멈췄다. 심장까지 멎는 것 같았다. 장군이다. 장군이 계단 아래 서 있었다. 무표정한 얼굴로 유진을 향해 똑바로 서서 쳐다보고 있었다. 아까 나를 따라 내렸던 거야? 가슴이 쿵쾅거렸다. 유진은 황급히 뒤로 돌아 이동하는 사람들에 섞여 들었다.

때마침 요란한 소리와 함께 인천행 열차가 들어왔다. 내리고 타는 사람들로 플랫폼이 몹시 혼잡해졌다. 이 사람 저 사람이 유진과 부딪치고 흘겨보며 지나갔다. 그러는 동안 손에 넣을 수 있는 지갑이 몇 개 보였지만, 그럴 때가 아니었다. 이 정도면 장군도 나를 놓쳤겠지? 다시 지하철에 타서 사람들의 관심이나 즐기세요.

슬쩍 고개를 돌려 뒤를 보았다. 아오! 장군이 여전히 유진을 쳐다보고 있었다. 플랫폼을 따라 한참을 걸었는데도 장군과의 거리가 전혀 멀어지지 않았다. 되레 더 가까워진 느낌은 기분 탓이었을까. 어쨌든 장군이 유진을 따라오고 있는 건 분명했다. 신고를 한 게 틀림없었다. 경찰과 계속 통화하면서 유진을 추적하는 중인 걸까. 달랑 100원짜리 동전 한 개밖에 없는 지갑을 훔쳐서 장군 옷을 입은 할배한테 신고당하고 잡혀 들어갈 순 없었다.

유진은 후드를 뒤집어쓰고 보안 카메라에 얼굴이 보이지 않게 주의하면서 2호선을 향해 달렸다. 회색 후드티에 검정 패딩 그리고 청바지. 역 안에 비슷한 차림은 아주 많았다. 보통 체구에 평범한 외모. 유진을 특정하기란 쉽지 않을 것이다. 성형외과 광고판의 예쁜 언니들도 동의하는 듯 밝게 웃어 주었다. 엄마도 예뻤는데.

유진의 엄마는 귀신이었다. 아, 그러니까, 귀신이라는 별명으로 업계에서 유명했다고 한다. 칼도 쓰지 않고 지갑을 빼내는 솜씨가 귀신 같다는 뜻이다. 컨디션이 좋은 날에는 지갑에서 현금만 꺼내기도 했단다.

"대신 엄마가 재밌는 거 보여 줄게."

유진이 유치원생이었을 때였다. 마트에서 우주 왕복선 레고를 사 달라고 억지 눈물을 쥐어짜며 생떼부리던 유진에게 엄마가 제안했다. 엄마는 호기심에 굴복해 떼쓰기를 그친 유진을 카트에 태우고 채소 코너로 향했다.

한 중년 부인이 조금이라도 더 싱싱한 녀석을 고르기 위해 대파 묶음들을 뒤적이고 있었다. 엄마도 곁에 다가가 대파의 상태를 살폈다. 그러더니 유진이 앉아 있던 카트에 빨간 지갑 하나를 던지고 곧장 대파 한 단을 담아 지갑을 덮었다. 중년 부인은 엄마가 고른 대파를 흘깃하더니 자기가 더 좋은 걸 찾아냈다는 듯 만족스러운 표정으로 카트를 밀며 걸음을 옮겼다.

"저기요."

엄마가 중년 부인을 불러 세웠다.

"네?"

"이거, 떨어뜨리신 거 같은데요. 그쪽 꺼 아니에요?"

엄마의 손에 빨간 지갑이 들려 있었다. 중년 부인의 눈이 동그래졌다.

"어머! 맞아요."

지갑을 받은 중년 부인이 반사적으로 지갑을 열어 안에 든 카드들과 현금을 확인했다. 내용물은 그대로였다.

"고마워요. 가방이 왜 열려 있지? 정말 고마워요."

유진은 눈앞에서 펼쳐진 마술 같은 장면에 마음을 홀딱 빼앗겨 버렸다. 아줌마의 핸드백에 들어 있던 지갑이 눈 깜빡할 새에 엄마의 손으로 옮겨오는 모습은 모자에서 토끼가 튀어나온 것만큼이나 멋졌다. 원래 상태 그대로 주인에게 돌려주고 감사 인사를 받은 것까지 완벽했다. 일생일대의 대어를 다시 방생하는 낚시꾼처럼 대단해 보였다. 동네 식당 주방에서 보조로 일하는 엄마에게 그런 굉장한 능력이 있을 줄이야!

띠리리리리리리.

신촌 방향 녹색 지하철이 역에 진입했다. 유진은 열차와 경주라도 하는 것처럼 사람들 사이를 헤치고 내달렸다. 숨을 내쉴 차례인지 들이마실 차례인지 헷갈릴 정도로 호흡이 가빴다. 장군이 여전히 유진을 뒤쫓고 있었다. 미친 관종 할배가 왜 갑자기 정의감에 불타오른 거야. 착한 시민상이라도 받아서 신문에 나고 싶나.

지하철이 멈추고 열린 문으로 사람들이 쏟아져 나왔다. 유진이 잽싸게 돌아봤다. 눌러 쓴 후드가 시야를 가려 손으로 살짝 걷어야 했다. 플랫폼을 가득 채운 사람들의 머리 위로 삐죽 나온 붉은 술이 보였다. 유진이 아드득 이를 갈았다. 내릴 사람이 아직 다 내리지도 않았는데 거칠게 밀치고 열차에 올랐다. 짜증 섞인 눈빛과 투덜거리는 소리가 유진을 향했지만, 신경 쓸 겨를이 없었다. 안쪽으로 들어가지 않고 문 바로 옆에 서서 숨을 골랐다. 패딩을 벗고 회색 후드티 차림으로 잠시나마 땀을 식혔다.

열차 출입문 닫습니다. 출입문 닫습니다. 기관사의 안내 방송이 나왔다. 취이익. 가스 새는 소리가 들렸다. 유진이 속으로 셋을 세고 지하철 밖으로 몸을 던졌다. 뒤꿈치를 아슬아슬하게 스치며 문이 닫혔다. 유진의 옆에 서 있던 사람이 바닥에 떨어진 패딩점퍼를 집어 들고 밖을 내다봤지만, 이내 열차가 출발해 왼쪽으로 점점 멀어졌다. 유진은 눈을 부릅뜨고 유리창 안쪽의 사람들을 살폈다. 눈동자가 빠르게 좌우로 움직였다.

있다! 장군 할배가 열차 안에서 유진을 쳐다보며 지나갔다. 착각할 수가 없는 차림새였다. 살펴 가세요. 1호선 장군님이 순환선에 타셔서 혹시 멀미하지 않으시려나 모르겠네. 유진이 씨익 웃으며 돌아섰다.

달랑 100원 때문에 이 고생을 하다니 정말 재수 옴 붙은 날이네. 유진이 손등으로 이마의 땀을 훔쳤다. 아! 그러고 보니 그 100원, 패딩 주머니에 넣었는데. 결국 100원도 못 건진 거잖아. 멀어지는 지하철의 꽁무니를 노려보는 유진의 눈동자가 이글이글 불을 뿜었다.

유진은 다시 1호선 승강장으로 향했다. 범인은 반드시 현장에 돌아온다는 말이 있지만, 이 경우엔 유진이 다시 1호선으로 돌아갈 줄은 예상하지 못할 거다. 옷차림이 바뀌었으니 보안 카메라에 찍혀도 괜찮을 것이었다. 적어도 유진의 셈으론 그랬다. 대신 이번엔 반대편으로 내려가서 소요산행 열차를 기다렸다.

때아닌 추격전에 한참을 뛰었더니, 바람과 땀으로 곱슬머리가 평소보다도 심하게 사방팔방으로 뻗쳤다. 습한 날이든 건조한 날이든 상관없이 이 모양이었다. 유진은 늘 엄마의 윤기가 흐르는 직모를 부러워했다. 아침마다 고데기로 머리를 펴느라 시간을 쏟는 유진에게 엄마는 안 그래도 예쁘다고 말렸지만, 곱슬머리의 비애를 몰라서 하는 소리였다. 머릿결도 얼굴도 엄마를 닮지 않은 사실이 분통했다.

"유진 엄마는 아직 젊고 이렇게 예쁜데, 주방에서만 썩긴 정말 너무 아깝다."

엄마가 일하던 백반집의 주인아줌마가 입버릇처럼 말하

곤 했다. 백반집 막내딸 민서는 유진과 고2 동급생이었는데, 엄마들끼리는 나이 차가 상당했다. 엄마가 겨우 스물한 살이었을 때 유진을 낳았기 때문이다.

"배운 게 도둑질이라 달리 할 수 있는 일이 없어요."

아줌마는 엄마가 주방일에 썩 능숙한 편도 아니면서 왜 그런 말을 하나 의아해했지만, 엄마는 '배운 게 도둑질'이라는 표현을 문자 그대로의 의미로 사용한 것이었다.

엄마는 유진을 가진 이후로 기술을 봉인했다. 떳떳한 엄마가 되고 싶다는 지극히 단순한 이유였다. 사람의 마음은 단순할수록 굳건해지는 법이라, 그 약속은 끝까지 지켜졌다. 마트에서 유진에게 선보인 이후로 두 사람은 종종 그 기술을 연마하고 사용하긴 했지만, 그건 오직 유희만을 위한 것이었다. 차라리 일종의 예술 행위에 가까웠으며, 금전적인 이득을 취한 적은 단 한 번도 없었다.

백반집에 거의 매일 식사하러 오는 근처 사무실 직원들이 있었는데, 그중 나이 많은 남자가 매번 지갑을 두고 왔다며 후배들에게 계산을 미루는 걸 본 엄마는 점퍼 안주머니에 깊숙이 숨겨 둔 그의 지갑을 후배 발치에 떨어뜨렸다. 반지하 방에 나란히 누워 엄마의 작품 설명을 들은 유진은 손뼉 치며 즐거워했다. 그런 식이었다.

둘이 함께일 땐 더 재미있었다. 유진은 엄마에게 퀘스트를 달라고 졸랐다. 처음엔 지나가는 사람의 가방에서 지갑을 꺼내는 수준이었다가 유진의 실력이 향상됨에 따라 퀘

스트의 난이도 역시 조정되었다.

유진은 엄마가 가리킨 양복 차림 아저씨에게 다가갔다. 아저씨는 취객처럼 허공에 대고 뭔가 고함치고 있었는데, 가까이 가서 보니 블루투스로 통화하는 중이었다. 상대가 뭔가 해명을 하려는 눈치였지만, 그는 계속 윽박지르며 성질을 부렸다. 엄마가 힘든 상대를 골랐네. 들켰다간 훈계는커녕 호되게 얻어맞고 경찰서에 끌려갈 각오를 해야 했다.

담배를 꼬나문 아저씨가 바지 주머니에서 라이터를 꺼내 불을 붙였다. 그의 손이 라이터를 찾느라 펑퍼짐한 바지의 주머니를 휘저을 때 절그럭거리는 소리가 들렸다. 엄마는 저 멀리에서 이 사람에게 동전이 많다는 걸 어떻게 알았담. 돌아보니 엄마는 고양이처럼 딴청을 부렸다.

유진이 오른손을 들어 엄지와 검지로 코끝을 살짝 꼬집고는 검지로 오른 눈썹을 두 번 쓸었다. 어려운 도전 앞에서 나오는 엄마의 버릇이었는데, 유진도 자연스레 따라 하게 되었다.

슬그머니 다가간 유진이 아저씨의 바지 주머니에 손을 넣었다. 손가락 끝의 감촉에 의존해 500원 동전 하나와 100원 동전 두 개를 꺼냈다. 손바닥을 펴서 엄마에게 동전 세 개를 확인시키고, 큰 동전 하나를 다시 주머니에 넣었다. 나머지 둘은 아저씨의 반질반질한 구두에 떨어뜨려 짤그랑 소리를 냈다. 있지도 않은 구멍을 찾아 주머니를 이리저리 만져대는 아저씨를 뒤로하고 유진이 자랑스러운 표정으로 엄마에게 돌아갔다.

꽤 힘든 퀘스트였다. 하지만 엄마였다면 바지 주머니의 동전 모두를 꺼내서 재킷 안주머니로 옮길 수도 있었다. 그 과정에서 종류가 섞인 동전이 여러 개 있어도 정확한 금액을 파악하는 건 당연했다. 그렇게 놀라운 실력이 있음에도 현금만 노린 게 롱런의 비결이라던 엄마는 유진에게 이건 놀이일 뿐이고 절대 실제로 훔쳐선 안 된다고 신신당부했다. 유진도 그저 재미로 하는 거였지 장차 소매치기가 될 생각은 눈곱만큼도 없었다.

엄마가 지금 내 모습을 보면 엄청 실망하겠지. 그러게 누가 그렇게 갑자기 죽으래.

소요산행 전철에 오른 유진이 마른세수를 했다. 공원 화장실에서 노숙한 탓에 온몸이 찌뿌둥했다. 일단 만 원짜리 한 장만 훔쳐서 찜질방이라도 가자. 철 수세미처럼 부풀어 오른 곱슬머리를 손가락빗으로 정돈하며 주변을 살폈다.

출근 시간이 지나선지 열차 안은 비교적 한산했다. 서 있는 사람이 채 열 명도 되지 않았다. 대부분 스마트폰 화면에 시선이 고정된 상태였지만 유진의 행동이 노출될 위험은 승객 수에 반비례했다.

유진은 다음 칸으로 이동하려는 것처럼 통로를 가로지르다가 알록달록한 등산복 차림의 남자 뒤에서 속도를 줄였다. 점퍼 포켓에서 지폐 끄트머리가 나와 있었다. 그는 이제 하산길에 막걸리 안주로 파전과 도토리묵 중 하나를 포기해야 할 것이다. 쉬운 대상이었지만 상황이 상황인지라 조심스러웠다. 유진이 코끝을 꼬집고 눈썹을 두 번 쓸었다. 딱 만 원짜리 한 장만 빼서 청바지 뒷주머니에 쑤셔 넣었다. 그 순간.

"어?"

등산복 남자 앞에 앉아 있던 쥐색 정장 아저씨가 눈을 동그랗게 떴다. 또 들켰나. 오늘 정말 재수가 없는 날인가 아니면 컨디션이 안 좋아서 그런가. 유진은 자신을 쫓는 아저씨의 시선을 무시하고 다음 칸으로 넘어갔다. 잰걸음으로 이동해서 한 칸을 더 옮기려다가 혹시나 싶어 뒤를 돌아보았다.

아까 그 정장은 보이지 않았지만, 통로 중앙에 이상한 사람이 서 있었다. 1호선의 광기는 정말이지 상상 이상이구나. 갑옷 차림의 장군에 이어 이번엔 곤룡포를 입은 임금님이라니! 유진은 헛웃음을 짓고 다음 칸으로 이동했다.

계속 걸으며 이리저리 두리번거린 후에야 안내 화면을 온통 도배한 광고들 틈으로 원하던 정보를 겨우 확인했다. 다음 역은 동대문, 내릴 문은 왼쪽이었다. 출입문 앞에 멈춰 섰다. 뜨끈한 온탕에 몸을 담글 생각을 하며 눈을 감고 목을 좌우로 비틀었다. 엄마가 늘 질색했던 우두둑 소리가 났다. 고개를 왼쪽으로 돌린 채로 눈을 뜬 유진의 다리가 휘청했다.

임금님! 다섯 걸음 거리에 임금님이 있었다!

그는 그린 듯이 단정하게 손질된 수염을 하고 유진을 정면으로 향한 채 눈을 부릅뜨고 있었다. 그가 입은 곤룡포는 고급 비단처럼 윤기가 좌르르 흘렀으며 가슴과 양어깨의 금색 용 자수 역시 얼핏 봐도 장인의 솜씨였다. 익선관이며 옥대며 유진이 경복궁에 놀러 갔을 때 대여점에서 빌려 입었던 것과는 수준이 달랐다.

코스프레도 돈 많은 어른이 하면 차원이 다르구나. 아니, 감탄할 때가 아니지. 이 사람 설마 옆 칸에서부터 나를 따라온 건가? 대체 왜? 무슨 일이 벌어지고 있는 거야? 나도 모르는 사이에 1호선 광인 부대한테 좌표라도 찍혔나?

유진은 지하철이 멈추고 문이 열리자마자 밖으로 달려 나갔다. 뒤도 안 돌아보고 달음질하다가 계단을 두세 칸씩 뛰어올랐다. 점점 숨이 가빠지고 지쳐서 속도가 약간 늦춰질 때쯤 바로 뒤에서 누군가 따라오는 발걸음 소리가 들렸다. 역내에 오가는 사람이 적진 않았지만, 그 소리는 분명히 유진을 뒤쫓고 있었다. 전하, 체통을 지키시옵소서. 어찌 상것처럼 뜀박질을 하시나이까.

"저기, 학생."

뒤에서 들리는 목소리에 유진은 다리를 더 빠르게 움직였다. 비정상적으로 전력 질주하는 유진의 모습에 주변 사람들이 흘끔거렸다. 쫓아오는 구둣발 소리도 덩달아 빨라졌다. 잠깐. 구둣발? 임금님은 가죽으로 된 화를 신고 계셨는데?

"학생, 잠깐만, 내 말 좀, 들어봐요."

추격자의 목소리는 숨이 넘어가기 직전이었다. 여차하면 다시 달려서 따돌릴 수 있을 것 같았다. 그리고 할 말이 있다니, 쫓아오는 이유를 알아낼 수 있을지도 몰랐다. 거기까지 생각한 유진이 서서히 발을 멈추고 돌아섰다. 너무 지치기도 했고.

그런데 눈앞에 있는 사람은 임금님이 아니라 쥐색 정장을 입은 남자였다. 아까 유진이 만 원을 슬쩍하는 순간에 "어?" 하고 놀랐던 아저씨다. 그는 땀을 뻘뻘 흘리며 양손으로 무릎을 짚고 숨을 헐떡였다. 더는 한 발짝도 못 뗄 듯한 모양새였다. 그의 뒤쪽을 살폈지만 임금님의 모습은 보이지 않아 다시 정장 남자에게 시선을 옮겼다. 아저씨들 나이는 가늠하기가 어렵긴 한데, 마흔이나 됐을까. 어쨌든 담임쌤보다는 훨씬 젊어 보였다. 체력은 형편없었지만.

"할 말이 뭔데요? 아저씨 형사예요?"

유진의 물음에 남자는 고개를 들었지만, 그의 힘 없이 벌어진 입에서는 거친 숨만 들락거릴 뿐 소리가 나지 않았다. 유진이 또 도망칠까 걱정되어 다급해진 남자가 손을 내저었다. 유진은 그에게 시간을 조금 주기로 했다.

그가 가까스로 숨을 고르고 말했다.

"이게 참 이상하게 들릴 수도 있지만, 학생 혹시 귀신이라고 알아요?"

실제로 이상한 말이었다. 누군가 지나가다 들었다면 도

를 아십니까 류의 질문이라 여기고 걸음을 재촉했을 것이다. 하지만 유진은 달랐다. 유진은 그가 말한 귀신이 누구를 가리키는지 알고 있었으니까.

"아저씨 진짜 형사 아니에요?"

"아, 잠깐만요."

남자가 정장 재킷 안주머니에 손을 넣었다. 하지만 몇 번 더듬거리다 다시 나온 손에는 아무것도 없었다.

"이거 찾아요?"

유진의 손에 그의 명함 지갑이 들려 있었다. 남자는 눈썹이 꿈틀 올라가긴 했지만, 어쩐지 납득하는 얼굴이었다. 유진이 명함 한 장을 꺼내 적힌 내용을 읽었다.

"다크 워터, 대표 양재준. 다크 워터가 뭐예요? 흑마술 같은 건가?"

"아뇨. 그렇게 멋있는 건 아니고 그냥 커피 도매상이에요. 선별 수입한 원두를 로스팅해서 납품해요. 일단 대표라고 명함을 팠지만, 사실 저 혼자뿐이라 막내이기도 하고요. 오늘도 영업하러 이렇게 서울 시내를, 엣취!"

양재준은 찬 공기에 땀이 식으니 오한이라도 드는지 부르르 떨더니 손수건을 꺼내 코를 풀었다.

"아저씬 숨차서 말을 못 할 때가 낫네요."

유진은 양재준에 대한 경계심을 조금 풀었다. 한참 어린 여자애에게 줄곧 높임말을 쓰는 것만으로도 플러스 점수를 줄 수 있었다.

"그래서 아저씨는 우리 엄마를 어떻게 아는데요?"

"어, 엄마요?"

양재준의 눈이 다시 동그래졌다. 그러더니 이내 고개를 끄덕이며 중얼거렸다.

"그렇군요. 귀신 누님이 결혼해서 따님을 낳으셨군요. 갑자기 사라지셔서 걱정했답니다."

"누님? 아저씨 뭐 옛날 조직 동료예요?"

양재준이 과거를 회상하는 듯 허공을 보며 빙그레 미소 지었다.

"조직요? 귀신 누님은 조직 따위 없었어요. 다들 스카우트하려고 난리였는데 누님은 솔로를 고집했죠. 추종자들은 있었지만, 그들과도 철저히 거리를 두셨어요."

표정과 말투를 보아하니 양재준도 엄마의 추종자 중 하나였음이 분명했다.

"누님이라면 화목한 가족을 꾸리셨을 거예요. 겉으론 차가워도 사실은 따뜻한 분이셨죠. 건강하시죠?"

유진이 애써 밝은 표정으로 별것 아니라는 듯 대답했다.

"결혼은 안 했는데, 죽었어요. 작년 가을에."

"예에? 도, 돌아가셨다고요?"

양재준이 크게 놀라 휘청이며 벽을 손으로 짚었다. 혹시라도 심한 농담은 아닌지 확인하느라 유진의 눈을 들여다보았다. 유진은 동정받는 기분이 들어 고개를 돌려 버렸다.

양재준의 눈빛이 처연했다. 매해 4월 1일마다 한 남자의 사진을 붙이고 제사상 비슷한 걸 차리는 엄마의 표정과 비슷했다.

"이 사람 누구야?"

"내 아빠."

사진 속의 남자는 하얀 러닝셔츠에 하얀 삼각팬티 바람이었는데 얼굴은 무척이나 고왔다. 유진은 엄마와 저 미남 사이에서 태어난 딸이 이런 얼굴일 수가 있나 하는 의구심이 생겼다.

나중에 티브이 영화 프로그램에서 우리나라 독립 영화 한 편을 소개하는 걸 보고서야 그 사람이 홍콩의 인기 영화배우였다는 사실을 알게 되었다. 4월 1일이 그의 기일은 맞았지만, 그가 유진의 아빠라는 말은 만우절 거짓말이었다.

"왜 그렇게 되셨는지 혹시 여쭤봐도 될까요?"

양재준이 떨리는 목소리로 소심하게 물었다. 고딩 여자애한테 여쭤보긴 뭘 여쭤봐. 유진은 그가 따로 직원을 두지 못하고 대표에서 막내 영업사원까지 모든 일을 도맡아 하는 이유가 성격 때문일 거라 생각했다.

"돈 때문이죠."

유진이 대답했다.

모든 건 돈 때문이었다. 엄마가 죽은 것도, 유진이 지난밤에 노숙한 것도. 돈만 충분했다면 일어나지 않았을 일들이었다.

엄마는 임신 사실을 알고 범죄와 연을 끊었다. 하지만 어려서부터 어둠의 길을 걸었던 엄마가 밝은 사회에 적응하기란 만만하지 않았다. 엄마는 마치 끝내 데뷔하지 못하고 방출된 아이돌 연습생처럼, 해오던 것 외엔 할 줄 아는 게 하나도 없었다.

딱히 아는 게 없어도 창업만 하면 안정적인 월수입이 보장된다는 프랜차이즈에 낚여서 본사에 다 퍼주고 고생만 하다가 결국 몇 달 만에 폐업했다. 설상가상으로 전세 사기까지 당해서 가진 돈을 거의 다 잃고 반지하 단칸방에 겨우 들어갔다. 엄마는 범죄와의 연을 끊었지만, 세상은 엄마를 놓아주지 않고 범죄의 피해자로 삼았다. 손을 씻으려면 손을 자르고 가라며 이죽거리는 조폭 영화의 보스처럼.

하지만 엄마는 단호했다. 갓난아기를 등에 업고 합법적인 일자리를 구하러 다녔다. 오만 군데서 온갖 일을 다 하던 엄마는 결국 민서 엄마네 백반집에 자리를 잡았다. 주방 일은 공주님처럼 서툴렀지만, 동갑내기 딸이 있다는 사실이 주인아줌마의 마음을 움직인 덕이었다.

그렇게 두 모녀는 넉넉하지 않은 형편에도 꿋꿋이 살아갔다. 둘은 만족할 만큼 행복했고, 즐거운 추억도 여럿 쌓았다. 부족한가 충분한가는 마음먹기에 달렸다고 믿었다. 유진이 고등학교 2학년 2학기를 맞이할 때까지는.

유진은 수학여행 그딴 거 안 가도 돼서 말을 안 한 건데, 백반집에서 민서 엄마한테 무슨 고등학교 수학여행을 일본씩이나 가느냐는 얘기를 들은 엄마는 자괴감에 빠졌다. 가난하더라도 떳떳하게 살고자 했는데, 그런 결심을 한 동기이자 사랑하는 딸이 자기 때문에 초라해졌다고 생각하니 참을 수 없이 비참한 기분이 들었다.

오랜 세월 지켜온 단단한 신념이 미세한 실금으로 산산이 깨져 버렸다. 엄마는 은행에서 나오는 사람의 가방에서 돈뭉치를 꺼내다 들키는 믿기 어려울 정도로 초보적인 실수를 했다. 그러고선 경찰에 쫓겨 도망치다 트럭에 치여 사망했다.

너무나 갑자기. 그토록 허망하게.

그리고 정월대보름을 하루 앞둔 그저께, 유진의 딱한 사정을 몇 달간 봐주던 집주인이 사실 훨씬 전부터 월세가 밀려 보증금 다 깐 지 오래라며 이제 방을 비워 달라고 통보했다. 그나마 한겨울에 내쫓지 않은 게 많이 배려해 준 줄이나 알라고 했다. 여전히 영하의 날씨였는데도.

다음 날 평소엔 투명 인간 취급하더니 자꾸 이름을 불러 더위를 팔려 하는 아이들을 무시하고 교무실에 찾아가 자퇴서를 제출했다. 담임쌤이 안쓰러운 얼굴로 유진의 손을 붙잡고 이유를 물었고, 유진은 당장 먹고 잘 곳도 없는데 학교는 사치라고 답했다.

"그런데 학생, 왜 이렇게 얇게 입었어요? 안 추워요?"

"학생 아니에요."

유진의 퉁명스러운 대답에 양재준은 고개를 갸웃했다. 아직 어려 보이는데 무슨 말이냔 얼굴이었다. 유진은 굳이 설명할 필요가 없다고 생각하면서도 이유를 덧붙였다.

"어제 자퇴했으니까."

아닌 게 아니라 으슬으슬 추웠다. 망할 장군 할배한테 쫓기다 괜히 패딩을 버렸다. 그나마 지하철역 내부라 버틸 만했지만, 그대로 밖에 나갔다간 동사하는 거 아닌지 걱정이었다.

"그러면 이름이…?"

"송유진요."

무슨 이유에선지 유진은 그에게 순순히 이름을 알려 줬다. 양재준이 고개를 끄덕였다.

"아, 유진 양. 엄마 성을 따랐군요."

유진은 별다른 답을 하지 않았다. 대신 유진의 배가 꼬르륵 소리를 냈다. 갑자기 한기가 들어 다리까지 오들오들 떨려 왔다.

"춥죠? 우선 내 코트라도…. 아? 그러고 보니 아까 유진 양을 따라 달리느라 코트랑 가방을 아래층에 팽개치고 왔네요. 안 그랬으면 못 따라잡았을 거예요. 뭐, 사실 유진 양이 기다려 준 거지 내가 따라잡은 것도 아니지만요. 역시 평소에 운동을 안 했더니 이 꼴이네요. 여기서 잠깐만 기다려 줄래요? 내려가서 짐을 챙겨 올게요. 나도 출출하니 우선 따뜻하게 뭐든 요기를 좀 합시다. 얼른 갔다 올게요. 코트랑 가방 낡아서 누가 주워가진 않았겠죠. 그리고 혹시 지낼 곳이 마땅치 않으면 당분간 내 집에 있어도 돼요."

양재준의 모습이 시야에서 사라지자 유진은 굳은 얼굴로 돌아서서 반대 방향으로 걷기 시작했다. 엄마와 친분이 있어 보이는 남자에게 어쩐지 호감이 갔던 건 사실이지만, 그의 마지막 말이 지난밤의 기억을 되살렸다. 등줄기에 오소소 소름이 돋은 건 기온 탓만이 아니었다. 방황하는 시선에 4호선 갈아타는 곳 표지판이 보였다.

"지낼 곳 없으면 당분간 선생님 집에 와 있어도 돼."

담임쌤이 유진의 자퇴서를 책상 서랍에 넣으며 말했다.

"그건 좀…."

"왜? 선생님이 맨날 마누라 음식 솜씨 흉봐서? 에이, 웃으라고 한 말이지 씹어서 후딱 삼킬 정도는 돼. 하하하."

희끗희끗한 머리의 담임쌤이 넉살 좋게 사람 좋은 웃음을 터뜨렸다.

우선 옷가지만 챙기고 큰 짐은 학교 쉬는 날에 쌤 차로 옮기자는 감사한 제안까지 하니 더는 사양할 수가 없었다. 저녁에 쌤의 아파트에 가서도 배은망덕하고 꽤씸한 예민충이 되지 않기 위해 미심쩍은 신호들을 무시했다. 마침 오늘 사모님이 대학생 아들을 데리고 친정에 갔다는 쌤의 말을 그대로 믿었다. 주방 식탁과 싱크대에서 거실 테이블까지 배달 음식 용기들이 그득한 걸 못 본 척했다. 급한 대로 쓰라던 아들 방 책상에 먼지가 쌓여 있는 이유를 깊이 생각하지 않았다. 한밤중에 구부정한 노인네가 속옷 차림으로 방문을 열었을 때에야 그가 이혼당했다는 소문이 돌았던 게 기억났다.

 사력을 다해 몸싸움을 벌인 끝에 유진은 간신히 그 더러운 굴을 빠져나왔다. 머리로는 자책할 필요가 없다는 걸 알았지만, 그 집에 스스로 발을 들인 자신이 너무나 멍청하게 느껴졌다. 미친 늙다리의 밑에 깔려 버둥대면서도 존댓말을 써가며 그를 설득하려 했던 자신이 눈물 나게 한심했다. 옷만 겨우 챙겨입고 나와 지갑도 휴대폰도 없이 밤거리를 헤매다 공원 화장실에서 문을 잠그고 변기 위에 쪼그려 앉아 오들오들 떨며 눈을 붙였다.

 돈 때문이야. 이 모든 일이. 다 돈 때문이야.

 유진이 4호선 승강장에 도착하자 싸움이라도 났는지 매우 소란했다. 열차가 출입문이 열린 채 출발하지 못하고 있었다. 무슨 일인가 살펴보니 휠체어에 앉은 사람들이 이동권을 보장하라며 시위 중이었고, 역무원들은 그들의 탑승을 지원하는 대신 막아서는 형국이었다. 그리고 그 옆으로는 긴 셀카봉에 장착한 휴대폰을 향해 신나게 떠들어대는 20대 초반의 남자가 보였다.

 "구독자 여러분, 보이십니까? 안 그래도 붐비는데 휠체어에 탄 장애인들이 몰려와서 시민들에게 피해를 주고 있습니다. 이렇게나 많은 선량한 사람들에게 불편을 끼치면서 자기들 욕심만 채우겠다고 떼를 쓰는 현장입니다. 지금 여기엔 인생이 걸린 면접 시험을 보러 가는 취준생도 있고, 가족이 위독하다는 연락을 받아 급하게 병원으로 가는 중인 사람도 있을 텐데요. 저 이기적인 장애인들에겐 일반인의 고통이 보이지 않는 모양입니다. 아하! 눈높이가 달라서 그런가? 어디 우리도 한번 앉아서 볼까요. 어우야, 경치가 오히려 좋은데요!"

조롱이 재능인 줄 아는 혐오자들. 인간다움을 구속이라 여기는 무개념들. 바닥에 앉아 주변 여성들의 하체를 촬영하는 유튜버를 스쳐 지나며 유진은 그의 휴대폰을 집어던지고 싶은 마음을 억눌렀다. 대신 놈의 지갑을 챙겼다. 이 정도로 봐준다.

유진은 화장실에서 지갑을 확인할 요량으로 계단을 올랐다. 끼리끼리 푼돈이라도 후원했겠지. 화장실 표지판을 확인하고 걸음을 옮기려는 순간 누군가 유진의 앞을 막아섰다.

임금님이었다.

아직도 소인을 쫓아오고 계셨나이까! 진짜 성은이 망극하네요. 게다가 이번엔 치마저고리를 곱게 차려입고 가체를 올린 중년 여성도 함께였는데, 우아한 자태였지만 중전이라기엔 화려함이 다소 부족했고 넉넉한 양반집 마님 정도의 차림새였다. 다시 말해, 나란히 있을 이유가 없는 둘이었다.

이유를 따지자면야 중년 남녀가 조선 시대 복장으로 지하철역에 나타나서 유진을 따라다닐 리가 없었다. 맨 처음에 유진을 쫓아오다가 꾀에 넘어가 설정에 어긋나게 2호선을 타 버린 1호선 장군님이 동호인들에게 연락이라도 돌렸나. 1호선 노선 어디쯤에서 그런 동호회가 정모를 가질 듯하긴 한데. 혹시 동대문? 여기가 바로 저들의 본진이었나!

아니나 다를까 임금님과 마님을 피하려 반대로 돌아선 유진의 시야에 두 명의 대감님이 보였다. 둘 다 주름이 자글자글하고 수염이 희끗희끗한 노인이었는데, 한 분은 3층 석탑처럼 뾰족한 정자관을 썼고 다른 한 분은 돌잔치에 쓰는 모자 비슷한 복건을 썼다. 박물관에서나 볼 수 있을 법한 너무나 제대로 된 복식에 유진은 소름이 끼쳤다. 설상가상으로 언제 돌아왔는지 장군님도 대감들과 합류했다.

그들이 양쪽에서 거리를 좁혀오자 유진은 머리칼이 쭈뼛하고 심장이 쪼그라드는 것처럼 몸이 저릿했다. 처음 한두 명일 땐 단순히 꺼림직하고 피하고 싶은 정도였지만, 이렇게 떼로 몰려오니 상식을 초월하는 큰일이 닥친 것 같아 겁이 났다. 바닥에 달라붙은 듯 움직이지 않는 발을 깨우려 허벅지를 손바닥으로 내리쳐 겨우 달아나기 시작했다.

조선 시대 코스프레에 진심인 시니어 군단에게 쫓기는 것도 물론 굉장히 비상식적인 일이긴 했지만, 그보다 훨씬 괴상한 상황이 벌어지고 있다는 사실을 유진이 깨달은 건 그들의 위쪽을 올려다보았을 때였다.

두루미가 날고 있었다. 지하철 역내에 두루미가 웬 말이야, 이게 말이 돼?

어디 보자. 마님에, 임금님에, 대감 둘에, 두루미에, 장군이라. 유진은 그제야 그들의 정체를 알아차렸다. 신사임당, 세종대왕, 이이, 이황, 두루미, 이순신. 그들은 조선 시대 인물로 분장한 사람들이 아니라 돈이었다. 돈에서 튀어나온 존재들이었다.

"대체 왜들 이러는 거예요?"

아무리 도망쳐도 그들을 떨쳐낼 수 없음을 직감한 유진이 울부짖자 주위에 있던 사람들이 깜짝 놀라 유진을 쳐다봤다. 다른 사람에겐 저들이 보이지 않는 듯했다. 그저 유진 혼자 겁에 질려 뛰어다니다 허공에 대고 고함치는 걸로만 보일 터였다.

유진이 그들의 정체를 파악한 게 어떤 계기라도 되었는지 돈의 화신들은 더 이상 사람 흉내를 내지 않았다. 그들은 피부가 검어지고 푸르스름한 안광을 내뿜으며 조금씩 위로 올라갔다. 인파의 위로 머리가 올라오더니, 상반신이 드러나고, 결국은 전신이 허공에 떠올랐다.

사람들 위에 올라선 그들은 역내에 오가는 직장인, 학생, 주부, 자영업자, 구직자, 어린이, 노인의 어깨와 머리를 짓밟으며 점점 유진을 향해 다가왔다. 사람들은 그 무게에 힘들어하면서도 이유를 알지 못하고 그저 버티고 앞으로 나아가려 노력했다. 다들 바로 옆에서 휘청거리는 사람을 돕기는커녕 신경 쓸 여유조차 없어 보였다.

돈의 화신들은 아무런 말도 없이 한 걸음 그리고 또 한 걸음 유진을 압박해 왔다. 애초에 대화나 타협이 가능한 상대가 아니었다. 유진은 숨 막히게 옥죄어 오는 공포에 그만 두 손으로 얼굴을 감싸고 주저앉아 버렸다.

"유진 양!"

누군가 자신을 부르는 목소리에 유진이 실눈을 떴다.

"유진 양, 괜찮아요?"

커다란 가방을 들고 검은 코트를 팔에 걸친 쥐색 정장 차림의 남자. 양재준이었다.

"아저씨."

유진이 젖은 눈을 하고 울먹이자 양재준이 가방을 떨어뜨렸다. 큰 소리가 나는 걸로 미루어보아 크기만큼이나 무게도 상당했던 모양이다.

"왜 그래요? 어디 아파요?"

양재준이 허둥대며 달려와 유진의 어깨에 코트를 걸쳤다. 모직 코트 자락이 지저분한 바닥에 쏠렸다. 양재준은 자기가 구둣발로 코트를 밟은 것도 모른 채 벌벌 떠는 유진을 감싸 안았다.

포근하고 따뜻했다. 조금씩 안정이 찾아왔다.

"귀신…."

"예? 누님요? 여기 계세요?"

양재준이 놀람과 반가움을 동시에 드러내며 주위를 두리번거렸다.

"아니, 그게 아니라."

그런데 돈에서 튀어나온 귀신들은 어디론가 사라진 후

였다.

한숨 돌리며 생각하니 양재준과 함께 있을 때는 그것들이 보이지 않았다. 왜일까? 유진이 새삼 양재준을 살펴보았다. 인물은 별로지만 인상은 좋은 편이었다. 숫기 없는 성격을 감추겠답시고 아무 말이나 늘어놓는 게 자못 귀여웠다. 그리고 무엇보다, 다정했다. 추종자들과 철저히 거리를 두었다던 엄마가 왜 이 아저씨와는 친하게 지냈는지 알 수 있을 것 같았다.

"아저씨."

역내 벤치에 앉아 텔리만쥬를 먹던 유진이 양재준을 불렀다.

"예, 유진 양. 근데 정말 커피는 안 사 와도 되겠어요?"

"됐어요. 저기 커피 맛없어 보여요."

"그렇긴 하죠? 이따가 샘플 원두랑 명함을 드리고 가야 겠어요. 근데 영업하려면 일단 한 잔이라도 팔아 드리고 하는 편이 나으려나요? 아닌가? 마셔 보고 나서 명함을 드리면 뭐 이딴 걸 커피라고 파느냐고 하는 것 같아서 불쾌하시려나? 전 항상 이게 고민이랍니다."

"아저씨."

"아, 예, 유진양. 말씀하세요."

"엄마 얘기 좀 해 주세요."

유진을 바라보던 양재준의 눈이 시간을 거슬렀다.

"월드컵 때였어요."

세계 여러 나라들이 겨루는 국제 축구 대회인 월드컵은 4년마다 개최되는데, 우리나라에서 연도를 특정하지 않고 그냥 '월드컵'이라고 하면 2002년을 의미한다.

"전국의 거리가 응원 인파로 들끓었죠. 치킨이니 맥주니 요식업계가 대단한 호황이었어요. 소매치기들에게도 다시없을 호황이었죠. 그중에서도 특히 두각을 나타내며 등장하신 분이 귀신 누님이셨고, 이후로도…."

"아니, 나쁜 얘기 말고요."

멈칫하던 양재준의 입가에 슬며시 미소가 번졌다.

"누님은 제가 내려드리는 커피를 좋아하셨어요. 늘 저한테 소매치기 쪽은 재능이 없으니 험한 꼴 보기 전에 얼른 포기하고 이쪽으로 가라고 하셨죠."

양재준을 본 지 얼마 안 되었는데도 유진은 엄마의 판단에 동의했다. 그는 착하고 소심해서 대상에게 지갑 좀 훔쳐도 되냐고 먼저 허락을 구할 사람이었다. 지금도 휴대폰 진동이 울렸지만, 대화 중인 유진의 눈치를 보느라 발신자만 확인하고는 주머니에 넣어 버리는 걸 보면 확실했다.

"그러고 보니 오늘이군요!"

"뭐가요?"

"음력 1월 16일. 누님 생신요."

"뭐래. 엄마 생일 여름이거든요. 그리고 요즘에 누가 생일을 음력으로 세요."

유진이 무안을 주었지만, 양재준은 웃음을 터뜨렸다.

"하하. 그만두셨나 보네요. 우리의 장난 같은 거였어요. 음력 1월 16일이 귀신날이거든요. 누님은 자기가 귀신이니까 이날을 생일로 삼겠다고 선포했죠. 그래서 그날은 둘 다 밖에 나가지 않고 집 안에만 있었어요."

양재준의 표정이 문득 서글퍼졌다.

"언젠가 다시 만날 수 있을 줄 알았는데."

그러곤 언제 그랬냐는 듯이 다시 밝아졌다.

"대신 이렇게 유진 양을 만나게 해 준 걸까요?"

그를 보고 있자니 유진도 덩달아 웃음이 났다.

"아저씨."

"예, 유진 양."

"우리 생일 케이크 사러 가요."

"그럴까요? 마침 근처에 제 거래처 베이커리 카페가 있는데, 사장님 솜씨가 굉장해서 케이크가 엄청 예쁘답니다. 지난번에 한 조각 주셔서 맛을 봤는데 정말 기가 막히더군요. 케이크 이름이 뭐였더라. 굉장히 고급스러운 어감이었는데. 아무튼 거기 주말에는 대기 줄이 꽤 길게 늘어선다고 하더라고요. 커피도…."

"빨리 가요."

"네네, 이쪽이에요."

양재준은 앞장서서 걷다가 수시로 뒤를 돌아보았다. 유진이 잘 따라오고 있는지 확인하는 거였으리라. 출구로 이어지는 계단 앞에서는 가방에서 목도리를 꺼내 유진의 목에 둘러주기도 했다. 멋대가리 없는 회색 털실 목도리였지만, 가방에 함께 들었던 원두에서 밴 커피 향이 고소했다. 그리고 따뜻했다. 손가락 끝만 겨우 보일 정도로 큰 코트도 묵직하니 든든했다. 계단을 올라가는 양재준의 뒷모습을 보며 유진은 그와 잘 지낼 수 있겠다고 생각했다.

뭐, 그가 곱슬머리였기 때문만은 아니었다.

작가의 한마디

"1960년 4월 16일 오후 3시, 나는 1분간 너와 함께 있었어. 이제 오후 3시만 되면 넌 나를 생각하게 될 거야."

Kill, Heel

오승현

스으윽 스윽 스으윽 스윽. 신발 끌리는 소리가 평소보다 더 처량하게 들렸다. 사건 현장까지 혼자 가는 것이 워낙 익숙하긴 하다. 하지만 다식이 엘리베이터 좀 같이 타겠다고 한 발 들이밀려고 할 때, 동료 형사들과 과수팀, 지원팀의 성가신 눈빛이 뾰족하게 다식을 할퀴었다. 언제부터 이런 처지가 된 걸까. 족저근막염이 시작된 7년 전부터? 파출소로 전출 가라고 할 때 못 들은 척 버틴 3년 전부터?

서울 건남서의 만년 말단이자 왕따 형사라는 걸 너무 잘 알고 있지만, 매번 이렇게까지 확인시켜 줄 필요는 없지 않은가. 엘리베이터 안에 한데 뭉친 동료 무리를 보고 있자니 다식은 뒤통수가 간질거렸다. 그들은 뭉쳐 있으면 어김없이 다식을 깠다. 다식이 느려서, 다식이 눈치가 없어서, 다식이 잘못 짚어서 범인을 놓쳤다고 각자의 시나리오를 만들어 책임을 돌렸다. 물론 다식의 발이 말썽을 부려 간발의 차로 검거를 놓친 적이 있긴 하지만, 그들은 범인이 나름의 이유로 빠져나간 걸 가지고도 다식 탓을 했다.

다식은 계단으로 가겠다고 서둘러 자리를 피했지만 계단을 오를 때 심해지는 발꿈치 통증을 생각하지 못했다. 언제나 중요한 순간에 발이 말썽이다. 범인을 추격하며 전력 질주해야 할 때, 사건 현장에 누구보다 먼저 도착해야 할 때, 나 아직도 끄떡없다는 걸 기필코 보여 줘야 할 때.

한 발 내디딜 때마다 땅에서 송곳이 쑥 올라왔다. 계단을 오를 땐 통증이 더했다. 끝없이 펼쳐진 계단 앞에 우뚝 선 새 운동화를 다식은 물끄러미 바라보았다. 딸 상미가 험한 데 다닐수록 좋은 신발을 신어야 한다며, 첫 월급을 받아 사 준 특수화였다. 아치 부위가 봉긋 올라온 것이 다식의 평발을 잘 받쳐주었다. 아빠가 물려준 평발 때문일까. 상미도 신발에 신경을 많이 썼다. 어렵게 취직한 첫 직장이 종일 서서 하는 일이라 걱정했지만 딸은 나름 잘 지내고 있는 것 같았다. 다행이다, 아빠보다 나아서.

다식은 한 계단에 한 번씩, 정직하고 성실하게 찾아오는 찌릿한 뒤꿈치 통증을 견디며 사건이 발생한 8층까지 꾸역꾸역 올랐다. 스으윽 스윽, 힘겨운 소리가 다식을 따라 올랐다.

먼저 도착한 팀원들은 현장을 이미 스캔한 후 팀장 주위에 모여 있었다. 올해 첫 사건이 살인 사건이라는 데에 의욕을 다지는 목소리도 들렸다. 처참하게 살해된 시체 앞에서 묵념은 못할 망정, 손뼉을 치고 있는 그들이 다식은 경멸스러웠다. 과수팀에 둘러싸인 피해자는 여성이었다. 사무실 한쪽 구석에 앉은 채 턱에 구멍이 뚫려 죽어 있었다.

화려하게 차려입은 아이보리색 퍼 원피스가 턱에서부터 흐른 피로 붉게 물들었다. 여자는 10센티는 족히 되어 보이는 힐에 혀와 하관이 뚫렸다. 턱 아래 연한 살을 뚫고 지나간 와인색 힐은 얇고 둥글어서 마치 수도꼭지를 달아놓은 것 같았다. 물론 수도꼭지 아래 흘러나와야 할 피는 이미 끊긴 상태였다.

누가 한 짓일까. 명백한 타살의 흔적. 다식은 발이 말썽이기 전, 종횡무진으로 범인을 잡아들이던 시절을 떠올렸다. 스케치북에 그림을 그리듯이 현장의 퍼즐을 수집하고, 이후 참고인을 하나씩 만나면서 그 퍼즐을 촘촘히 맞춰 나갔다. 그를 투명인간처럼 대하는 지금의 동료들보다 언제나 앞서 증거를 찾고 실마리를 건졌다. 과수팀의 지문 채취와 족적 검사를 기다리며 뒷짐만 지고 있는 동료들과는 달랐단 말이다.

"자, 건물 로비와 8층 복도 CCTV 확보하고, 사무실 보안 담당한테도 CCTV 전부 요청해."

팀장이랍시고 던지는 이런 멘트는 범죄 수사물 한 시리즈만 봐도 누구나 할 수 있다. 다식은 자리에 편하게 앉아 동영상만 돌려보는 이들을 경멸하는 눈으로 바라봤다. 증거는 현장에 있다, 이 멍청한 녀석들아.

2025년 1월 22일. 그날은 토요일이었다. 사망자는 정유진. 콜센터의 팀장이었던 여자는 무엇 때문인지 사무실에 들렸다. 옷차림새로 보아 업무를 보러 온 것은 아닌 듯 보였다. 한껏 볼륨 넣은 헤어스타일도 그녀가 잠시만 사무실에 들른 것임을 증명했다. 여자는 평사원의 파티션보다 한 뼘 정도 높은 자기 자리에 서서 약 10분 정도를 머물렀다. 모니터를 잠시 응시한 것으로 보아 일상적인 메일 체크나 일정 확인 정도를 했을 것으로 추측되었고, 이후 허리를 굽혀 책상 아래 뭔가를 만지는 것 같더니 곧 일어서 자리를 나왔다.

그렇게 일을 마치고 출입문 쪽으로 향하던 여자가 갑자기 고개를 획 돌렸다. 한 점을 응시하더니 고개를 갸웃거리며 안쪽으로 이동했다. 방향은 본인이 살해당한 사무실의 구석이었다. 내부 CCTV로 파악된 여자의 동선은 거기까지. 다시 출입문 쪽으로 이동한 기록은 없었다. 안타깝게도 그 자리는 CCTV 사각지대였다. 하지만 사무실 입구와 다른 각도의 CCTV로 보아 여자 이외에 아무도 그곳에 없었다. 누구의 출입 기록도, 어떠한 움직임도 감지되지 않았다.

다식은 사건 현장을 찾아가 여자의 동선을 따라가 보았다. 자기 자리에서 허리를 숙였던 행동은 아마도 구두를 바꿔 신기 위해서였을 것이다. 책상 아래 오래 신었음직한 낮은 플랫슈즈가 가지런히 놓여 있었고 그 옆에 빈 구두 박스가 열려 있었다. 범행 도구로 쓰였던 10센티 힐이 담겨 있었을 것이다.

팀장은 우발적인 범행이었을 거라고 했다. 몸싸움 중에

넘어진 여자, 구두가 벗겨져 나뒹구는데, 그것이 범인의 손에 잡힐 만한 위치에 놓여 있었을 것이고, 그것을 순간적으로 잡아 내리쳤다…. 이런 그림을 그리며 팀장은 구두의 지문 감식 결과만 기다렸다. 하지만 구두에서는 피해자의 지문 이외에 아무것도 나오지 않았다.

다식의 포인트는 달랐다. 중요한 건 여자가 사무실에 있는 내내 주기적으로 멈칫하거나 고개를 갸웃거렸다는 것이다. 바로 나가지 않고 돌아섰던 출입문 앞에서도 비슷했다. 응? 이게 무슨 소리지? 하는 표정. 소리를 녹음하지 못하는 CCTV였지만 다식은 여자가 시각이 아닌 어떤 자극에 반응하는 것으로 보았다. 사무실 구석에 숨어 있던 범인의 인기척일까? 여자를 유인하려고 일부러 낸 소음은 아닐까? 어쩌면 단비 같은 단서가 될 수도 있다. 그러나 그 말을 듣고도 팀장은 귀를 후빌 뿐, 다식이 낸 의견은 허공으로 흩어졌다.

의심스러운 것은 하나 더 있었다. 여자가 쓰러져 있던 구석자리 바로 앞 책상이 평범하지 않았다. 수십 대가 넘는 컴퓨터들이 촘촘하게 배치된 채권추심 전문 콜센터. 매일 전쟁터처럼 분주하게 돌아가는 이런 사무실에 꺼 두지 않은 컴퓨터 모니터가 무슨 특이사항이냐고 말할 수도 있겠지만 다식은 다르게 봤다. 보통은 각자의 취향에 맞게 설정해 둔 화면 보호기가 분주히 돌아갈 텐데 유독 한 자리의 모니터는 잠겨 있지 않았고, 폴더는 열려 있었으며, 파일은 비밀번호가 설정되어 있지 않았다. 다소곳이, 마치 누군가가 열어 주기를 기다리고 있는 것처럼.

다식은 콜센터에 백업 파일을 요청했다. 그것은 모두 살해된 여자의 음성이 녹음된 파일들이었고, 모두 한 명의 직원을 향해 쏟아내는 말들이었다.

"끝까지 밀어붙여야지. 마인드 콘트롤, 그게 그렇게 안 돼? 살벌하게 분위기 좀 잡아 주는 게 그렇게 안 되냐고! 연체자가 무슨 말을 하든 그냥 듣고 말라니까? 그러고 계속 돈 달라는 얘기만 해. 지금 안 주면 내일 더 줘야 한다는 말만 주야장천! 씨발저발 하면 뭐 어때? 그거 들으라고 너희 월급 주는 거야! 모진 말 못 하겠으면 무릎 꿇고 싹싹 빌어 받아오던지! 너 이렇게 하면 다음 달까지 절대 못 버텨. 오늘 받을 돈을 내일로 미루면, 내일 월급은 없다는 거, 명심하라고!"

"어떡하니, 회사 시스템이 그런걸. 니가 쉬면 그만큼 시스템이 미스 콜을 잡아내게 되어 있고, 놓친 미스 콜 수만큼 회계 시스템에서 급여를 깎게 되어 있는 거, 오티 받을 때 다 들었잖아? 내가 어떻게 해 줄 게 없어요, 니가 잘해야지! 그러니까 너님이 여기 딱 붙어서 전화 받으세요! 기저귀를 차든, 여기다 똥을 싸든!"

어떤 파일에서는 스피커가 터져나갈 듯이 소리를 지르다가 또 다른 파일에서는 상냥하게 비아냥거렸다. 카드 대금을 납부하지 못한 사람들에게 최대한 많은 이자를 뜯어

내야 하는 채권 추심 업무의 중간 관리자가 실적이 가장 부진한 직원을 집요하게 괴롭히는 소리였다. 한 사람을 향해 이토록 다양한 모멸감을 줄 수 있다니. 이 직원이 순간순간 느꼈을 탁한 감정들이 빼곡하게 쌓인 파일 사이로 스멀스멀 올라와 다식에게 아는 척을 했다. 너도 알잖아, 맞은 데 또 얻어맞는 심정. 다식은 그동안 자신이 받은 무시와 무관심이 연관 검색어처럼 떠올랐다가, 자신은 그래도 덜하다는 생각에 미쳤다. 그래, 난 아직 지낼 만해. 저렇게까지 밑바닥은 아니잖아.

언제부터 듣고 있었는지 다식 주위로 팀 동료들이 몰려왔다.

"이 직원이 원한이 많았겠네."

"죽이고 싶었겠구먼."

"누군지 확인하고 참고인 조사 통보해. 아마 두 사람 굉장히 사이가 안 좋았을 거니까 사무실 직원들한테도 여러 가지로 물어보고."

유용한 단서를 찾아냈다며 어깨 한 번 툭 쳐 줄 만도 하지만, 까마득한 후배이자 팀장은 다식을 무심히 지나쳤다.

◆

평소처럼 10시가 넘어 퇴근했다. 상미가 김이 하얗게 올라오는 라면에 첫 젓가락을 뜨는 찰나였다. 보아하니 상미도 퇴근한 지 얼마 되지 않은 초췌한 모습이었다. 집에 와서까지 일 생각이 떠나지 않는지 얼굴에 긴장이 가득했다. 무슨 일 있냐고 물어도 대답 없이 라면 국물만 들이켰다. 다식이 씻고 나오니 라면 그릇 옆에 맥주와 과자봉지가 더해졌다. 상미는 맥주 한 모금에 과자 하나 입에 넣고 양쪽 옷 소매를 길게 늘여 손을 넣은 후 발을 마사지했다.

"회사에 무슨 일 있냐? 왜 안 하던 짓을 하고 그래."

술을 즐기지 않는 상미가 부쩍 퇴근길 편의점에 들러 술을 사 오는 일이 잦아졌다. 어제는 소주, 그제는 막걸리.

"안 하던 짓하고 와서 그래."

평소 말장난 후엔 먼저 폭소하던 상미인데 한숨부터 쉬었다.

"왜 그게 뭔데?"

"원래 내 일이 아닌데, 점장이 나보고 하래서…."

"그게 무슨 일인데?"

"뭐, 이것저것."

"아무리 상사라도 그러면 안 되는 거 아냐?"

다식은 팔을 걷어붙이는 시늉을 했다. 상미는 웃지도 않았고 더 얘기도 하지 않았다. 여기서 한 번 더 물으면 꼰대짓 한다고 하려나. 다식은 입을 다물었다. 머릿속을 잠식한 스트레스는 술에 녹여 삼키고 종일 고생한 발은 잠시 토닥여 주는 게, 아빠 잔소리보다 나을 것이다.

초등학교 때 엄마를 여읜 상미는 걱정과는 다르게 씩씩

하게 자랐다. 중학교 때부터 스스로 의식주를 해결했기 때문에 남의 손을 빌리지 않고도 수월하게 키울 수 있었다. 성적은 그럭저럭 괜찮았지만 대학 진학보다 취업 쪽에 무게를 두었을 때도 내심 상미는 뭐든 잘해낼 거라는 믿음이 앞섰다. 다식에게 어떤 일이든 무던하게 잘해 주는 외동딸은 자랑거리였다.

상미는 고등학교를 졸업하자마자 부지런히 취업 공고를 쫓아다니더니 백화점으로 출근한다고 했다. 명품관 내에서도 가장 핫한 브랜드의 슈즈 매장이었다. 직영은 아니었다. 브랜드와 중간 관리 매장으로 계약한 샵마스터가 상미를 뽑았다. 상미는 그를 점장이라고 불렀다. 다양한 명품 브랜드로 판매 경력을 쌓아 나름 입지가 탄탄한 점장은 상미의 허벅지가 튼튼해 보이고 입술이 두꺼운 게 입이 무거울 것 같아서 뽑았다고 했다.

상미가 맡은 첫 번째 업무는 매장 입구에서 정복을 차려입고 마네킹처럼 서 있는 일이었다. 물론 매장 앞에서 출입 가능한 고객을 체크하는 가드 직원이 있어, 구경만 하거나 제일 저렴한 물건 앞에서 십수 분 고민할 고객은 아예 들어오지 못하기 때문에 상미가 입장 고객에게 90도 각도로 인사할 일은 많지 않았다. 그저 서 있으면 그만이었다. 그런데 그게 문제였다. 발에 꼭 맞는 검은색 로퍼를 신고 한 곳에 서 있어야 하는 것. 오래 서 있기 힘든 발을 달래 가며 애써도, 두 시간이 지나면 찌릿한 통증이 머리끝까지 올라

올 것이었다. 걱정스러운 마음에 일은 할 만하냐고 물으면 상미는 언제나 무던한 미소를 지었다.

다식이 소파에 앉아 TV를 틀었다. '콜센터 살인 사건'에 관한 뉴스가 보도되고 있었고, 하필 "수사는 미궁으로 빠져들고 있습니다."라는 멘트가 두드러져 들렸다. 상미가 뒤돌아 TV를 응시했다.

"아빠가 맡은 사건이지?"

"어… 골치 아프다…. 이번엔 한 건 해야 하는데."

웬일로 상미가 아빠 사건에 관심을 보였다. 강력 사건은 특히나 더 듣지 않으려 하던 애가 TV에서 눈을 떼지 못하고 소파로 걸어왔다.

스으윽 스윽 스으윽 스윽. 소리가 들렸다. 다식이 잘 아는 소리다. 발이 바닥에서 떨어지지 않아 질질 끄는 소리, 힘겨운 다리 하나씩 조심조심 앞으로 내미는 소리. 상미가 움직일 때마다 그 소리가 들렸다. 너무 크게, 신경을 긁었다. 과자봉지를 가지러 다시 식탁으로 갈 때도 스으윽 스윽, 다시 소파로 다가올 때도 스으윽 스윽, 앵커의 멘트 사이를 뚫고 커졌다 작아졌다. 스으윽 스윽.

"누가 죽였어?"

상미는 소파에 앉지 않고 TV 앞을 서성였다. 스으윽 스윽.

"글쎄 용의자로 직원 하나를 찾아내긴 했어. 취업 실습생이지 아마. 상미 너보다 한 살 아래네. 어린 게 어쩌다가…."

상미가 스으윽 발걸음을 멈추고 다식을 응시했다.

"죽일 만했나 보지."

죽일 만했나 보지. 죽일 만했나 보지. 상미는 계속 서성이며 두세 번을 더 반복했다. 발소리가 유난히 거슬렸다. 스으윽 스윽. 베란다 문틈으로 가는 바람이 혹한의 추위를 몰고 들어왔다. 등이 서늘해졌다.

◆

"요즘 같은 세상에 시키는 대로 일 다 해 주면 병신이죠. 내 일 남의 일 철저하게 구분해 가면서 해야지. 자기 콜도 못 채우면서 팀장이 시키는 일을 다 했으니. 병신도 그런 병신이 없어요."

주변인들의 진술은 대체로 한결같았다. 착해빠진 병신이라는 것이다. 고등학교 졸업반, 처음 맞본 직장이 하필 채권추심 콜센터였다. 그래도 대본 읽는 기계 마냥 나불거리면 될 것을, 고객 사정을 일일이 들어주다 매번 팀장에게 적발되었다. 팀장은 영악한 편이었다. 자기가 정리해야 할 자료 작성이나 숫자 만지는 작업을 시켜가며 맹탕 같은 직원을 한 국자씩 써먹었다.

직원을 두둔하는 사람이 대부분이었지만 개중에는 의심하는 이들도 있었다. 군기 바짝 들어 보이는 초년생들 어리바리하게 보면 안 된다, 알고 보면 뒤에서 존나 씹고, 별일 아닌 거 인터넷에 올려서 뒤통수치는 것들 믿을 게 못 된다, 얘도 그런 부류 아니겠냐, 그 어린 것이 착실하게 증오를 쌓다가 완벽한 순간에 한칼 휘두르는 악마였다는 생각을 하면 소름이 끼친다고, 눈꺼풀에 잔뜩 힘을 줘 가며 증명되지 않는 진술을 했다. 다식은 이들이 '그 어린 것'에 대해 얼마나 알고 말하는 것인지를 궁금해하며 '뒤통수', '한칼' 같이 의미 없는 단어를 수첩에 끄적거렸다.

그러나 다식이 쏘아 올린 작은 공은 완벽한 알리바이로 인해 공중분해 되었다. 다식이 뒷조사 중이던 직원은 사건 전날 강원도의 한 리조트로 여행을 떠나 2박을 했고 사건 당일엔 종일 스키를 탔다. 기차역과 리조트의 CCTV, 카드 사용 내역, 동행한 친구들의 진술이 모두 일치했다. 의심의 여지 없이 직원은 범인이 아니었다.

"진다식, 이 찐따 자식아. 일 못 하면 죽지, 왜 살아!"

애먼 실습생이 의미 없이 저장해 놓은 음성 파일을 유력한 물증이라고 들이밀어 수사에 혼선을 줬다며 팀장은 다식에게 한소릴 했다.

다음 날 과수팀의 감식 자료가 도착했다. 사인은 쇼크사. 출혈로 인한 심정지일 것으로 예상했지만 과수팀 담당자는 상세 의견란에 과다 출혈보다는 쇼크사 비중이 더 크다고 적었다. 충격적 자극으로 인한 심정지가 더 먼저일 거라는 것이다. 하긴 턱에 구멍이 뚫렸다고 해서 바로 죽을 정도는 아닐 것이니 발버둥을 치거나 스스로 살 궁리를 했을 테지만 시신에는 방어흔도 없었다. 다식은 턱이 뚫리기 전, 분명 무언가가 있었을 것이라고 혼자만의 수사 일지를 채워 갔다.

2주가 지났다. 시간이 지날수록 다식은 이 사건과 더 멀어지는 것 같았다. 팀은 수사 진척 상황에 대해 공정하게 공유하지 않았고, 팀장은 옆 팀의 교통사고 처리 지원 같은 허드렛일에 다식을 투입했다. 하지만 아무리 배제하려 해도 다식은 제자리로 돌아왔다. 텅 빈 사무실에서 사건 자료를 뒤적이며 이 사건을 끝낼 사람은 자신이라고, 왕년에 잘 나가던 다식이 다시 돌아왔다고, 자신을 투명인간 취급하는 이들에게 외쳐 주리라고 다짐했다.

◆

또 한 주가 지나 2월 12일이 되었다. 팀장은 정월 대보름 날이라고 아내가 싸 준 약밥을 한두 개씩 나눠 주었다. 생각해 보니 콜센터에 출동한 그날도 보름달이 참 밝았었다. 대보름의 밝은 달이 사무실 창문 끝에 걸렸다. 투명한 랩에 싸인 약밥이 맛있게 반짝였다. 저녁을 일찍 먹어 출출하다는 후배 녀석 둘이 야식 삼아 약밥을 먹고 있을 때 BGM처럼 틀어놓은 뉴스에서 속보가 떴다.

"국내 최대 제과제빵 브랜드 공장에서 20대 직원이 소스를 섞는 기계에 빨려 들어가 머리가 짓이겨지는 사고가 발생했습니다."

원래 그런 종류의 기계에는 안전장치가 반드시 있어야 한다. 그러나 이 사건의 경우 기계 뚜껑의 개폐 인식 장치가 OFF로 되어 있었고, 2인 1조로 일해야 하는 기계 앞에 작업자는 혼자뿐이었다. 다음 꼭지는 사고 발생 이후 공장 관리자의 대처에 관한 보도였다. 관리자는 직원의 머리가 짓이겨진 소스 기계에 천막을 덮어씌운 채 남은 잔업을 강행시켰다. 다음 교대 근무자들에게도 사고처리는 회사가 알아서 할 것이니 작업을 이어가라고 말했다는 공장 직원들의 증언이 나온 후, 기자는 스물여섯의 꽃다운 나이에 소스 통에서 죽어간 사망 직원이 남자친구와 나눈 SNS 대화를 보여 주었다. 거기에는 처내야 할 업무의 양과 무리한 근무 시간, 쏟아지는 졸음에 대한 토로와 그럼에도 불구하고 꿋꿋하게 버텨낼 것을 다짐하는 자기 위안의 말들로 채워져 있었다.

"뭘 저렇게까지 하냐. 그냥 적당히 뺑끼도 쳐가며 하지."

"그러게. 저런 애들은 윗사람한테 비벼 볼 융통성도 없을 걸."

계속되는 관련 속보에 남 일이라는 듯이 몇 마디 던진 후배들은 각자의 휴대폰으로 눈길을 돌렸다. 다식은 뉴스 채널을 돌려가며 관련 소식을 찾아보았다. 상미와 비슷한 나이라 그런지 더 안타까웠다. 사망한 젊은이가 재직한 '서을산업'의 동료들이 성명을 냈다는 소식이 이어졌다.

몇 개의 프랜차이즈를 연이어 성공시키며 대기업 반열

에 오른 이 기업은 세금을 덜 내려고 별도의 하도급 회사를 만든 후 정규직이던 생산직 노동자들을 이동시켰다. 직원들은 그것이 회사를 위하는 길이라는 임원들의 변명을 철석같이 믿었다. 하지만 동일 처우에 대한 약속은 온데간데없고 임금, 상여, 수당, 복지 등 모든 면에서 하청 노동자로 내몰렸다는 내용이었다.

다른 뉴스 채널에서는 기업의 대응에 초점을 맞췄다.

"한영재 회장은 홍보실을 통해 안타까운 심정을 전해 왔습니다. 하지만 언론이 알아채기 전에 조용히 수습하지 못한 공장장에게 본사 차원의 질책이 있었다는 증언이 속출하는 가운데, 한영재 회장의 입장문에 귀추가 주목되는데요. 일각에서는 몇 년 전 유사 사고가 있었을 때 한 회장의 발언을 들어 재발 방지 대책은 없을 것으로 전망하고 있습니다."

유사 사고? 다식은 한 회장의 발언이 무엇인지 궁금했다. 다행히 유튜브에서 '그 집 빵을 먹으면 안 되는 이유'라는 제목의 영상을 찾았다. 본부장급 이상 임원만 모이는 월례회의에서 한영재 회장이 한 말을 누군가가 몰래 녹취한 것으로 보였다.

"사장아, 부사장아! 상무들아! 그런 일 몸빵하라고 너희한테 월급 주는 거 몰라? 왜 나한테까지 마이크 디밀게 만들어? 어? 홍보부는 언론들 입 막으라고 돈 주고, 전략부는 정치인들한테 돈 갖다 주라고 돈 주고, 마케팅부는 다른 이

슈 만들라고 돈 주고, 영업부는 현장 구워삶으라고 돈 주는데! 왜 나까지 들먹이게 만드냐고!"

이어폰으로 혼자 듣는 한 회장의 말이 머리카락을 쭈뼛 세웠다. 발꿈치가 시렸다. 보름달이 지나간 사무실 창문이 칠흑같이 어두웠다.

자정이 다 되어 집에 돌아왔다. 상미 방에 불이 켜져 있었다. 주머니에서 차갑게 식은 약밥의 랩을 벗기고 전자레인지에 살짝 돌렸다.

"상미야, 잠깐 나와 봐. 이거 먹자."

예전 같으면 방으로 쉬러 들어간 아이를 일부러 불러내지는 않았을 것이다. 약밥 몇 조각을 꼭 먹여야 하는 것도 아니었다. 하지만 며칠 새 상미의 상태가 심상치 않았다. 낯빛은 어두워졌고, 눈 밑과 턱 아래 그늘이 깊어졌다. 백화점 명품관의 판매사원으로 근무한 지 6개월이 지난 시점이었다. 스으윽 스윽, 신발 끄는 소리가 계속되는 것도 불안했다. 이명이 들리는가 싶었지만 다른 곳에서는 들리지 않았다. 상미한테만 나는 소리였다. 실제로 발을 끌지 않는데도 소리가 들리는 건, 아빠 마음이 무거운 탓일까.

스으윽 스윽 소리를 내며 상미가 식탁에 앉았다.

"오늘이 정월 대보름이라고 팀장 사모님이 약밥을 한 박스나 보내셨어. 우리 딸이랑 나눠 먹으려고 몇 개 더 집어 왔지."

상미는 약밥을 집어 들었지만, 앞부분의 밥알 몇 개만 살짝 깨물었다. 입맛이 없는 모양이었다.

"오늘이 대보름이구나."

상미는 이미 머리 꼭대기로 오른 보름달을 찾는 듯 창밖을 보고는, "그럼 내일은 귀신날이네." 하고 말했다.

"귀신날?"

상미가 귀신을 입에 올리자 이가 시린 것처럼 턱과 볼에 소름이 훅 끼쳤다. 상미의 무표정이 도드라졌다. 어릴 때 점집 앞을 지나다가 한 영매가 상미더러 영이 세다고 했던 기억이 순식간에 살아났다. 영이 센 아이는 사람이 못 보는 걸 보고, 사람이 못 내는 소릴 내지. 그때 겨우 일곱 살이던 상미가 그날과 같은 얼굴로 대답했다.

"대보름 다음 날이 귀신날이잖아."

"그, 그런게 있었어? 아빠는 몰랐네."

상미가 입술 한쪽을 깨물었다. 하고 싶은 말이 더 있는 것 같았다.

"재밌는 게 뭔 줄 알아? 귀신날은 머슴들이 만들었다는 얘기가 있어. 대보름에 실컷 논 양반 놈들 뒤치다꺼리하느라 힘들었겠지. 근데 다음 날도 일할 생각 하니까 까마득한 거야. 그래서 음력 1월 16일 대보름 다음 날 일을 하거나 밖을 돌아다니면 귀신에 들린다는 소문을 내고, 신발도 내놓지 못하게 했다는 거야. 방에 콕 처박혀 있으라고."

"진짜? 양반들 방에서 못 나오게 하려고?"

"응. 그래야 머슴들도 방에 있을 수 있으니까."

"재밌는 얘기네. 그럴듯해."

다식은 의외로 별 얘기 아니었다는 안도감에 표정이 조금 풀렸다. 그러나 상미는 그렇지 않았다.

"아빠 이 얘기가 재밌어?"

"응?"

"난 슬프던데."

상미의 고개가 점점 옆으로 꺾였다.

"머슴들 말이야. 얼마나 쉬고 싶었으면 귀신 부를 생각을 다 했을까."

◆

다음 날, 올해의 두 번째 강력 사건이 터졌다. 피해자는 한영재 회장. 어제 벌어진 공장 노동자 사망 사고는 공장이 위치한 천안서 담당이었지만, 한 회장은 자택에서 살해되었기 때문에 다식의 소속 서에서 출동했다.

1천 평 규모의 고급 저택 2층 서재 바닥에서 발견된 시신. 그러나 처음엔 그게 한영재 회장인지 몰랐다. 왜냐하면 얼굴 전체가 짓이겨져 알아볼 수 없었기 때문이다. 양 눈알은 터졌고 산산조각 난 코뼈는 제각각 흩어진 치아와 버무려졌다. 꽉 깨문 사탕처럼 두서없이 깨진 두개골과 그 안에 있던 뇌의 지방질과 끈적한 뇌척수액이 피 터진 만두 속처럼 흐드러져 한 회장의 희끗희끗한 머리카락에 들러붙었다. 뭉툭하고 묵직한 둔기로 수십 차례 내리친 결과로 보였다. 떡메 안에서 메질을 잘 당한 떡 반죽처럼 한 회장의 머리통은 유들유들해졌다.

범인은 오로지 한 회장의 머리통만을 가격했다. 범행도구로 보이는 둔기는 발견되지 않았고 추측하기도 어려웠다. 침입흔이나 물색흔도 없고, 족적과 지문도 남기지 않았다. 저택 외부와 출입문, 거실에 달린 CCTV를 모두 확인했지만 아무 단서도 찾을 수 없었다. 이번 범인도 오리무중이었다. 팀장 이하 수사팀 동료들은 한 회장 자택 앞에서 밤낮으로 시위를 벌인 서울산업 노조원과 공장 사고 희생자의 가족들을 의심했다. 하지만 심증뿐이었다. 그들의 알리바이는 확실했고, 오히려 착실하고 정직하게 시위를 했다는 것만 입증되었다. 다식은 오히려 이들이 목격자일 수 있다고 보고 끈질기게 인터뷰했지만 소득은 없었고 또 쓸데없는 짓 한다는 쓴소리만 들었다.

연이은 강력 사건에 팀장은 국과수에 긴급으로 부검을 요청했고 다음 날 부검 의견서를 전달받았다. 한 회장의 두개골을 짓이긴 둔기의 정체는 바로 남성용 정장 구두였다. 넓고 단단한 뒷굽으로 있는 힘껏 반복적으로 내리찍었다. 정장 구두를 신고 들어와 한 회장의 얼굴을 신나게 밟고 돌아갔다면 분명 족적이 있을 텐데. 감식 과정에선 어떤 족적도 발견되지 않았다. 그러나 지금 기댈 것은 구두, 그것뿐이었다.

"같은 제품을 아직 못 찾았습니다. 데이터베이스에 없는 제품이에요."

대신 담당자는 시신에서 추출한 일부 패턴으로 시뮬레이션해 본 구두 밑창의 예상 패턴을 보내주었다. 짚을 엮은 것처럼 작은 사선이 반복되는 패턴이었는데, 대조 사진 속 한 회장의 얼굴에 난 짚 무늬와 동일했다.

"이런 섬세한 패턴은 처음 본 것 같아요. 수량이 많이 풀리지 않는 고가 명품일 가능성도 있습니다."

누구의 구두인지 알기 위해서는 어떤 구두인지를 찾는 것이 급선무였다. 연구원은 시간이 얼마나 걸릴지 해 봐야 알겠다고 했고 팀장은 시장이든, 백화점이든 무작정 돌자고 했다. 그런데 의외로 쉽게 구두의 실체가 드러났다. 두 번째 참고인 조사를 위해 온 회장 사모 덕분이었다.

"이 구두 내가 산 건데? 이 바닥 패턴이 내가 제일 좋아하는 브랜드의 시그니처 패턴이거든요. 작년 연말에 어렵게 구했던 거야."

회장 사모가 휴대폰을 검색해 화면을 내밀었다. 고급스러워 보이는 남성용 구두 사진에 익숙한 그림이 있었다. 대기업 자본에 잠식되지 않고 몇 백 년 동안 장인의 전통을 그대로 유지하고 있다는 유일한 명품, 에르누이. 하지만 그것은 다식에게 다른 의미가 있는 명품이었다.

다식과 동료들은 한 회장의 자택에서 같은 제품을 발견했다. 범행 도구가 범인의 것이 아니고 또 범인이 은폐하지도 않았다는 것이 의아했다. 더욱이 1천만 원에 육박한다는 그 구두는 기스 하나의 손상도 없이 드레스룸에 진열되어 있었다. 다식은 흰 장갑을 끼고 그것을 들어 증거품 봉투에 넣으며, 구두 안쪽에 새겨진 익숙한 브랜드 로고가 눈에 들어왔다. 소름이 훅 끼쳤다. 신의 뜻을 전하는 전령이라는 의미로 신화에 등장하는 새를 담았다는 그 로고. 에르누이의 잡화 매장에서 입사 통지를 받은 날 상미가 이야기해 준 바로 그 로고였다.

콜센터 살인도 같은 구두였다. 상미네 것이라는 걸 알았지만 그땐 염두에 두지 않았다. 그저 뾰족한 도구로써 사용한 것일 뿐 다른 의미는 읽을 수 없다는 판단이었다. 동료들도 구두 브랜드 따위 관심 밖이었다. 하지만 이제 상황은 완전히 달라졌다. 한 사람은 구두에 찍혀 죽었고, 또 한 사람은 구두에 밟혀 죽었다. 공교롭게도 같은 회사의 구두가 흉기로 쓰인 것이다. 연관성이 전혀 없던 두 사건이 상미가 일하는 브랜드라는 공통점을 갖고 '연쇄 살인'으로 묶여 버린 것이다. 재빨리 본사에 협조 요청을 했다. 피해자의 구매 이력은 빠르게 조회되었고 두 사람이 같은 곳에서 구매했다는 답변이 왔다. 그곳은, 딸 상미의 매장이었다.

◆

다식은 상미의 매장으로 향했다. 팀장이 후배들을 보내

겠다는 걸 다식 혼자 가겠다고 뛰쳐나온 터였다. 다행히 상미가 오프인 날이었다. 입구에 늘어선 긴 줄. 입구만 통과하면 몇 천씩 쓰고야 말겠다고 벼르는 사람들이 자기 순서가 되기를 다소곳이 기다리고 있다. 그들을 지나쳐 다식은 공무원증을 제시하고 매장 안으로 들어갔다.

'점장 유미경'이라는 명찰을 찬 여성이 각 잡힌 인사로 다식을 맞았다. 경찰이 찾아왔다는 사실을 매장 고객에게 알리고 싶지 않은 모양인지 유미경 점장은 서둘러 뒤편 응접실로 형사를 이끌었다.

"네. 본사에서 연락받았어요. 저희 매장 제품입니다. 이번 F/W 시즌 신상품으로 국내에 몇 안 들어온 한정판이었어요. 무슨 문제라도 있나요?"

다식은 사진 두 장을 꺼냈다. 정유진 콜센터 팀장과 한영재 회장. 점장은 바로 알아보고 빠르게 눈길을 거두었다.

"두 분 다 저희 VIP 고객이었습니다. 사건은 뉴스로 봤어요. 너무 안타까워서 저희 매장 직원들과 작은 추모식도 했습니다. 묵념한 게 다긴 하지만. 그런데 이 사건들이 저희랑 무슨 상관이…."

"이곳에서 구매한 제품이 범행 도구로 쓰였습니다."

"범행 도구요? 설마요. 고작해야 신발이에요. 게다가 이렇게 비싼 신발을 흉기로 쓰다니, 정신 나간 사람 아니고서야…."

점장은 불독살이 유난히 도드라지게 어색한 웃음을 지

어 보였다.

"안 그래도 그걸 여쭤보러 나왔습니다. 혹시 이분들이 구매할 당시 기억나는 것이 있을까요?"

테이블에 놓인 물병에서 물을 따라 마신 점장은 손으로 입가를 천천히 닦아내고 팔짱을 꼈다. 겨드랑이 밖으로 살짝 나온 손가락이 손톱을 괴롭히느라 조잡하게 움직였다.

"평소에 두 분 다 워낙 젠틀하신데, 이번에 좀 께름칙한 일이 있긴 했었어요. 저희 쪽 불찰이라 최선을 다해 수습하긴 했는데 고객님들이 굉장히 불편하셨을 거예요. 저도 그 일 때문에 한동안 수면제 없이 잠을 못 잤으니까요."

그러고 보니 두꺼운 화장 아래 점장의 눈 밑이 움푹 파여 있었다.

"무슨 일이었는지 구체적으로 말씀 좀 부탁드립니다."

다식은 수첩을 꺼내 메모할 준비를 했다. 그러나 점장의 입에서 나온 한 마디도 옮겨 쓸 수 없었다.

"진상미. 그 애가 문제예요. 걔만 없었으면 아무 일도 없었을 것을."

점장은 물로 한 번 더 입술을 적신 후 말을 이었다.

첫 번째 사망자인 정유진 팀장은 별 볼 일 없지만 시집을 잘 간 케이스였다. 정유진이 일하는 회사는 국내 제1금융권 대부분의 콜 영업을 하청받는 콜센터 전문 기업이었고, 그 기업의 소유주가 그녀의 시어머니였다.

정유진은 시어머니가 나눠준 실적만으로 VIP가 되었다. 매번 시어머니가 긁어 주는 카드로만 쇼핑하던 그녀가 그날은 처음으로 혼자 매장에 방문했다. 응대 순번이던 상미가 정유진을 상품 쪽으로 안내하는 과정에서 그녀가 상미의 로퍼를 밟았다. 죄송하다는 말은 되레 상미 입에서 나왔는데, 정유진이 괜찮다고 했다. 상미는 로퍼의 앞코를 흰 장갑을 낀 손으로 툭툭 털었다. 문제는 그다음이었다. 정유진이 진열된 제품을 꺼내 보여 달라고 요청했을 때였다. 상미는 양손으로 조심스럽게 구두를 꺼내어 테이블에 놓았다. 그러자 정유진이 상미의 따귀를 힘껏 올려쳤다. 상미의 발에 묻었던 먼지를 닦아낸 더러운 장갑을 그대로 낀 채 자기 제품을 만졌다는 이유였다. 점장은 상황을 빨리 수습하기 위해 상미에게 무릎 꿇고 사과하라고 지시했다. 그러나 상미는 무릎을 꿇지 않았다.

한 회장은 좀 달랐다. 회장 사모가 전화로 미리 주문한 것을 점장은 백화점의 명품 배송 서비스를 통해 배달해 드리겠다고 했다. 그런데 한 회장이 모르는 남자가 집에 오는 걸 싫어한다며, 매장 직원이 직접 가져다주기를 요청했다. 점장은 상미를 한 회장 집으로 보냈다. 그리고 반나절 후 돌아온 상미가 이상한 말을 했다. 한 회장이 구두를 신겨 달라고 하면서 신체 부위를 의도적으로 만졌다는 것이었다.

"점잖은 한 회장이 그럴 리가 없어요. 혹시 합의금 뜯어 내려는 수작은 아니었을지….."

점장은 여기까지 말하고 직원 정보의 상세 페이지를 펼쳐 다식에게 내밀었다. 페이지 맨 아래, 프로필 사진에서 상미가 반듯하게 웃고 있었다.

"제가 수습을 잘했기 망정이지 안 그랬으면 본사가 나서서 손 써야 할 뻔했어요."

"어떻게 수습을 해 주셨나요?"

"일단 상미 씨가 최대한 뉘우치고 있다는 걸 보여 드렸죠. 직접 찾아가 사과하게끔 했습니다. 정유진 고객님께는 사무실로 두세 번 찾아갔던 것 같아요. 한 회장님 댁에도 갔었지만 집 앞에서 거부당해 돌아왔다고 했습니다. 다행히 그분들이 교양이 있으셔서 그런 정도로 용서해 주셨죠. 그 뒤로 다시 저희 매장을 찾아 주셨고, 매출도 유지할 수 있게 되었는데…. 이게 무슨 일인가요?"

실수도 아닌 실수를 두고 머리를 조아려야 하는 상미의 심정은 어떨지, 유미경 점장은 한 번이라도 생각해 봤을까? 다식은 화가 났다. 상미를 문제아로 몰고 가는 파렴치가 역겨웠다. 정색하며 따귀라도 한 대 때릴까. '내가 상미의 아빠'라고 밝히고 상미가 얼마나 착한 아이인지를 알려줄까. 아니다. 그게 상미를 불리하게 할 수도 있다.

"점장님 말씀 잘 들었습니다. 의심스러운 정황이라고 몰고 가시지만 그 사건에서 직원은 딱히 잘못한 게 없어 보이는데요."

"아니, 충분히 앙심을 품을 수 있다는 정도로 말씀드린 거예요. 몰고 가긴 누가 몰고 갔다고 그러세요?"

점장의 얼굴이 붉어졌다. 그 얼굴 아래 앙상한 목을 양손으로 감싸 힘껏 누르면 더러운 입을 좀 다물까. 숨이 막히고 시야가 뿌예지면 좀 알게 되려나. 사회 초년생의 미숙함을 이용해 일을 무마한 그 태도가 얼마나 낯부끄러운 짓인지, 그녀가 잘된 해결책이라고 한 그 행동이 한 아이를 얼마나 숨 막히게 했을지를.

◆

좀 미친 것 같아.

언젠가 "너희 사장은 어때?"라고 물었을 때 상미는 사장이 아니라 "점장"이라고 정정해 준 후 이렇게 말했었다.

점장은 돈에 미친 것 같아. VIP한테는, 그 고객이 아무리 점장을 하대하고 무시해도 자본주의 미소를 잃지 않아. 그들에게 허리를 조금만 더 굽히면 열 개 살 걸 스무 개 산다는 거, 잘 알고 있거든. 그런데 없어 보이는 고객이 들어온다? 그러면 태도가 180도 달라져. 열 개 물어보고 겨우 한 개 살까 말까라는 걸 본능적으로 아는 거지.

이게 언제였던가? 다식은 상미 입을 통해 들었던 회사 이야길 더듬다가, 입사 한두 달쯤 됐을 때 이렇게 말하고는 입을 다물어 버렸다는 걸 기억해 냈다. 그때 이후로 상미는 대체로 말없이 축 처져 있었다.

집으로 돌아오는 길. 발걸음이 유난히 더 아렸다. 다식은 이 일이 모두 자기 탓인 것만 같았다. 딸이 그런 일을 겪고 시들어 가는 데도 알아채지 못한 병신. 뭐 좋은 거라고 이런 걸 대물림하나. 다식의 인생에서 도려내고 싶었던 순간이 상미에게 그대로 이식되어 버렸다. 점장이 한 얘기가 전부 사실이라면, 아무에게도 알리고 싶지 않은 비참하고 처량한 일들을 상미는 어떻게 견뎌내고 있을까. 그리고 아빠라는 사람이 어째서 한 번도 눈치채지 못했을까.

상미의 얘기도 들어봐야 한다. 딸의 일에 대해 동료들보다 먼저 알아야 한다. 그렇다면 어떻게 상미에게 이 내용을 끌어낼까. '몇 달 사이 벌어진 끔찍한 살인 사건의 연결고리가 너희 매장이고, 점장은 너를 의심한다'고 말할 수는 없는 노릇이었다. 다식은 편의점에서 2+1로 행사하는 밤 막걸리를 사 들고 집으로 향했다.

현관 앞에 멈춰 섰다. 문 앞에서부터 또 그 소리가 들렸다. 스으윽 스윽. 스으윽 스윽. 언젠가부터 상미에게 들러붙은 소리. 다식이 범인을 코앞에서 놓쳤을 때 들었던 것 같은 소리. 스으윽 스윽. 팀장이 집어 던진 서류 뭉치에 맞고 뒤돌아 자리로 돌아갈 때도 귓가에 맴돌았던 소리. 일터에서 돌아와서까지 어깨를 지그시 짓누르는 소리.

다식은 현관문 옆 작은 방 창문을 살짝 열어 내부를 살폈다. 다행히 열린 방문 틈으로 거실이 보였다. 상미는 거실을 스으윽 스윽 걸었다. 일자형 구조의 집 내부를 부엌의 끝부터 거실의 끝까지 왔다 갔다 반복해 걸었다. 그러다 보니 다식의 눈에 상미가 사라졌다 나타나고 다시 사라졌다. 다식은 집으로 들어갈 엄두가 나지 않았다. 의식과 같은 저 행위를 멈추면, 무슨 일이 일어나지 않을까. 내 딸이, 상미가, 상미가 아니게 되는 건 아닐까. 어릴 때 200만 원을 쥐여 주고 한 눌림굿이 효력을 다한 걸까. 5~6년 후에 다시 받아야 한다고 영매는 강조했었지만 상미는 평범한 중고등학교 시절을 보냈다. 그래서 다 괜찮아진 거라고 생각했다. 다시 신명이 오르면 그때보다 더 힘들 거라고, 그땐 꼭 신을 모셔야 한다고 다짐받듯이 했던 영매의 마지막 말을 흘려들었었다. 그래서 이런 일이 일어난 걸까. 아니, 그럴 리가 없다. 상미는 평범하고, 무던한 아이다.

잠시 생각에 잠겼다 정신을 차리고 보니 상미가 보이지 않았다. 창문의 좁은 틈새로 각도를 바꿔가며 보아도 찾을 수 없었다. 스으윽 스윽. 소리는 계속되는데 상미가 없었다.

그러다 문득, 그 소리가 바로 뒤에서 들린다는 걸 깨달았다.

아빠.

상미가, 아니 소리가, 말했다.

애기하자. 하고 싶은 얘기가 많아.

◆

 점장은 초고가 명품 시계 브랜드에서 글로벌 탑을 찍을 만큼 유능한 사람이었다. 업계에서는 점장만의 '고객 관리' 노하우가 있다고 소문이 자자했는데, 그 '고객 관리'는 평범하지 않았다. 고객의 만족도를 높인다는 명목으로 직원들을 개처럼 부리고, 말처럼 달리게 하는 거였다. 물론 직원도 직원 나름으로 말 안 듣고 까칠하게 구는 직원 말고, 고분고분 소처럼 말 잘 듣는 직원에 한해서. 그 소 같은 직원이 바로 상미였다. 상미는 점장이 시키는 일은 어떤 거라도 무던하게 해냈다. 순진한 송아지는 점점 여우의 사냥감이 되어 갔다. 묵묵하게 일하는 상미를 보며 직원들은 소곤거렸다. "너무 성실하면 실성할 때까지 일하게 된다."고.

 점장은 흰 장갑을 참 중시했다. 깨끗한 면장갑은 최고의 서비스를 제공하겠다는 명품 마인드의 상징이라고 누차 반복했다. 손을 깨끗하게 유지하는 건 우리가 여기 오시는 고객들처럼 명품 반열에 오를 수 있는 유일한 방법이라고도 했다. 점장은 물론 직원들은 매장에서 제공하는 수량 외에도 개인적으로도 장갑을 구입해 수시로 갈아 꼈다.

 그런데 어느 날부턴가 점장은 상미에게 흰 장갑을 끼지 말라고 했다. 흰 장갑을 끼지 말라는 건 제품을 꺼내 고객의 앞에 내놓을 수 없다는 의미이고, 그건 다시 말해 판매사원의 업무를 하지 말라는 것이었다.

상미는 그 후 장갑이 필요 없는 일을 맡았다. 재고 확인이라는 이름의 막노동과 매장 정리라는 이름의 대청소였다. 타이트한 치마와 블라우스를 입고, 딱딱한 로퍼를 신은 상태로 창고와 매장을 오가며 슈즈박스를 내리고 옮기고 쌓았다. 원래는 다른 직원과 분담해야 하는 일이었지만 모두 암묵적으로 상미에게 그 일을 미뤘다. 폐점 후 상미 혼자 덩그러니 남겨진 매장은 더 이상 명품이 아니었다.

창고 정리나 매장 청소는 그나마 점원이 해야 하는 업무에 속하는 일이었다. 한 회장에게 했던 배송 서비스도 자주 있는 일은 아니었다. 점장은 다른 매장에서 할 수 없는 특급 서비스를 고안해 왔다며 그 일도 상미에게 시켰다. 시착 전 발 마사지를 해주는 서비스였는데, 그냥 한번 신어 볼까 하던 고객도 발 마사지를 받고 나면 서비스에 감동해서 그 제품을 구매할 수밖에 없지 않겠느냐는 이유였다. 상미는 흰 장갑을 끼지 않은 손으로 고객의 발을 닦고 문질렀다.

그러나 상미는 당하고만 있을 아이가 아니었다. 게다가 눈썰미가 좋았다. 상미의 말을 들을수록 다식은 점장이 의심스러웠다.

상미는 점장이 정유진 팀장, 한영재 회장 집안과 오래전부터 친밀했다는 사실을 포착했다. 집안 내력과 가족 이력, 가족들의 구매 패턴까지 모두 꿰고 있었고, 심지어는 결제 정보를 맡아 둔다는 것까지 알게 되었다. 점장에게 전화 한 통만 하면 구매부터 결제, 배송까지 점장이 다 알아서 한 후 그들에게 두말없이 대령하는 원스톱 서비스인 것이다. 상미가 알아낸 것은 그것만이 아니었다. 점장은 두 집안의 이런 점을 이용해 제품을 빼돌려 왔다. 고객에게는 금액을 뻥튀기해 알리고, 가짜 매출을 고객 쪽으로 올려놓은 후 차액의 물건만큼을 뒤로 빼내어 이중 장사를 하고 있었던 것이다. 직영이 아닌 중간관리 샵의 허점을 점장은 교묘하게 이용했다.

상미는 그것을 창고에서 들었다. 매장에 있는 날보다 창고에 있는 날이 더 많아져서 가능했던 일일 것이다. 창고 구석에서 허둥대며 전화를 받는 점장의 목소리를 전부 기억했다. 수화기 너머 창고를 울리는 고객의 목소리는 분노에 가득 차 있었고, 어떻게 그럴 수 있냐는 원망과 당장 고소하겠다는 경고를 쏟아냈다. 정유진은 시어머니에게 알려 일을 크게 만들겠다고 으름장을 놓았고, 한 회장은 비서를 통해 정식으로 정리할 것을 통보했다.

점장은 아마 두려웠을 것이다. 쌓아 둔 입지와 벌어 둔 돈을 한꺼번에 잃을 수도 있다는 생각에 무슨 일이든 하고 싶었을 것이다. 다식은 상미의 이야기를 꼼꼼히 입력했다. 누구라도 그런 궁지에 몰렸다면 그런 생각을 품지 않겠는가. 철저한 비즈니스 매너에 가려진 어두운 욕망. 그거라면 충분하다. 명품 위에 쌓아놓은 모래성을 다시 되돌려놓기 위한 동기로 완벽하다. 게다가 점장은 죄 없는 사회 초년생을 궁지로 모는 파렴치한 아닌가. 용의자는 점장이고, 이제 증거만 찾으면 된다. 그럼 상미도 더 이상 의심받을 일 없을 것이다.

◆

또각. 또각. 또각. 똑.

하이힐 소리가 다식 앞에서 멈췄다. 유미경 점장은 가느다란 힐 위에 도도히 서서, 여유로운 미소까지 짓고 있다. 매장에서 봤을 때 신고 있던 낮은 로퍼 대신 킬힐을 신고 온 점장은 팀장과 함께 서로 들어오다가 다식에게 악수를 청하며 인사를 했다.

"어제 뵀던 진다식 형사님이시네요! 점심은 드셨어요? 미리 뵀으면 저희랑 같이 드시는 건데. 아! 근데 어제 제가 말씀드린 거, 팀장님께 보고 안 하셨길래 제가 상세히 말씀드렸어요."

팀장은 이를 쑤시며 미심쩍은 표정으로 다식을 지나쳐 사무실로 들어갔다. 아침부터 점장 뒤를 캐느라 시간이 이렇게 지난 줄도 모르고 있었다. 다식은 사건 당일 현장과 인근 CCTV를 모조리 다시 돌려 보았다. 유미경 점장으로 보이는 인물을 찾느라 눈이 벌겋게 충혈됐지만 허탕이었다. 찾은 게 있긴 있었다. 상미. 여러 군데에서 상미를 발견했다. 가장 가까운 버스 정류장에서, 근처 카페 거리에서, 한두 블록 떨어진 골목 어귀에서. 하지만 친구들과 만나 여기저기 돌아다니며 놀 일이 수두룩한 나이 아닌가.

다식은 통신사에 요청해 1월 22일과 2월 13일, 점장의 휴대폰 이동 동선을 확인했다. 사건 현장과의 접점은 없었다. 하지만 한 가지, 통신 기록상 유의미한 기록을 확보할 수 있었다. 사건 발생 전 며칠 동안 점장과 사망자의 통화량이 평소보다 배로 많았다는 것. 그걸 증거로 점장을 면밀히 조사해야 한다고 주장하기 위해 팀장을 막 찾고 있던 참이었다.

그런데 점장이 먼저 선수를 친 것이다. 여우 같은 것. 켕기는 것이 있으니 미리 손을 쓴 거겠지. 유미경 점장은 얼굴 하나 변하지 않고 뒤돌아 나갔다. 또각. 또각. 또각. 또각 소리가 발바닥을 쿡쿡 찌르는 것 같았다. 많이 걷지 않아도, 오래 서 있지 않아도 먹고 사는 데 지장 없는 걸음 소리. 위에서 내려다보며 꾹, 꾹 찍어 누르는 소리.

다식은 전부터 점장이 자신을 아래로 보는 기분이었다. 그게 저 힐 때문일까. 지난번 상미네 매장에 들렀을 때 가장 잘 보이는 코너에 진열된 1200만 원짜리 힐. 앞에서 보기엔 특별할 게 없어 보이는 검정 스웨이드지만 10센티가 넘는 킬힐의 가늘고 긴 뒷굽이 화려한 큐빅과 스팽글 장식으로 휘감겨 있다. 그걸 어떻게 점장이 신을 수 있지? 좋은 신발이 좋은 곳으로 데려다주는 게 아니라, 좋은 곳에 있어야 좋은 신발을 가질 수 있는 건가.

예상했던 대로 점장이 다녀간 후 수사 방향은 상미 쪽으로 맞춰졌다. 팀장은 점장이 들고 온 USB를 공유하기 위해 수사팀을 모았다.

"팀장님. 유미경 점장의 통신 기록을 조사해 본 결과, 수상한 지점을 발견했습니다. 이게 표적 수사가 아니라면 유미경 점장도 동시에 조사 들어가야 합니다."

팀장은 들으려고 하지도 않았다. 진상미의 경우 심증부터 증언, 물증까지 3박자가 맞아들어간다는 것이다.

"1월 22일과 2월 13일, 진상미는 살해 현장의 반경 2킬로미터 내에 머물렀던 기록이 있어. 매장의 다른 직원들 진술도 따왔는데 다 비슷하게 진술했고!"

후배 형사 둘은 팀장의 말을 그대로 반복했다.

"직원들 진술이 거의 같아요. 단독 행동을 워낙 많이 했대요. 무슨 생각을 하는지 좀처럼 모르겠다고, 가만히 있을 땐 좀 음흉해 보이는 면이 있다고 하기도 했고…."

점장의 주도하에 직원들끼리 말을 맞췄을 거다. 그들 사이에서 상미는 사회 초년생이라면 누구라도 겪을 만한 작은 일에 앙심을 품는, 범죄자가 되어 버렸다.

팀장은 USB를 컴퓨터에 꽂았다. 화면은 창고에서 제품 박스를 임의로 개봉해 마치 자기 신발처럼 신어 보는 상미의 모습이었다.

"이거 봐. 이게 정상으로 보여?"

상미의 움직임은 자유로워 보였다. 그 모습은 엄마의 하이힐을 신고 어렵게 한 발 한 발 내디디면서도 신이 나 몸을 맘껏 흔들던, 영락없는 꼬마 상미였다. 구두 위에서, 구두와 함께 살랑살랑 춤을 추는 상미는, 웃고 있었다.

"자, 진상미로 좁혀 밀착 수사 들어가자."

이건 상미가 아닐 거라고, 발이 불편해 힐을 한 번도 신어 본 적도 없는 아이라고 얘기하고 싶었다. 하지만 그럴 수 없었다. 증거가 없지 않은가. 팀장은 이제 제대로 시작해 보자며 손뼉을 쳤고 팀원들은 어깨와 허리를 쭉 펴며 의지를 다졌다. 한 사람, 다식만 빼고.

다식은 상미에게 전화했다. 받지 않았다. 아침에 일어났을 때 방에 없길래 일찍 출근한 것으로 생각했는데, 매장에 전화 걸어 보니 출근한 것도 아니었다. 그때 동료 중 하나가 외쳤다.

"진상미 씨 계정이 하나 더 있어서 확인해 봤는데 진짜 이상하네요? 자기 매장에 있던 구두가 마치 자기 것인 양 교묘하게 찍어 올렸어요. 해시태그도 #오늘나를위한선물, #진짜VIP 같은 거였고요."

"부자 코스프레야? 부자에 대한 증오범죄? 그것도 염두에 두고 계속 파 봐."

수사팀은 상미의 이름을 제대로 부르지 않고 '진상'이라고 줄여 불렀다. 상미가 그럴 리가 없다고, 분명 다른 이유가 있을 거라고 얘기해 주고 싶었지만 지금은 손에 쥔 게 없었다.

다식은 몰래 상미의 위치를 확인했다. 매장으로부터 1킬로미터 지점. 그런데 그곳은 직장 근처이면서, 점장의 집으로부터 2킬로미터 지점이기도 했다. 상미가 어디로 향하고 있는지 알아야 한다. 미세한 움직임을 파악하기 위해 플러스 버튼을 눌러 지도를 확대했다. 그런데 상미의 위치를 표시하는 붉은 점이 점점 커지다가 순식간에 없어졌다. 상미가, 흔적도 없이 사라져 버렸다.

"진다식!"

다급한 팀장의 목소리였다.

"진상미가 니 딸이야?"

상미와 연락할 다른 방법을 찾기 위해 가족관계등록부를 조회해 본 것이다. 예상했던 일이었다. 수사팀의 공기가 달라졌다. 이제 여기서 더 할 일은 없다. 다식은 외투를 잡아채며 사무실의 허공에 대고 소리쳤다.

"우리 상미는 아니야! 내가 증명할 거니까 너희, 상미한테 손끝 하나 까딱하지 마!"

다식은 전력을 다해 뛰쳐나왔다. 동료들이 잡으러 올까봐 뒤도 돌아보지 않고 내달렸다. 차를 타고 주차장을 빠져나올 때까지는 아무도 쫓아오지 않았지만 다식은 은근히 목덜미가 서늘했다. 어쩌면 공범으로 몰릴 수도 있을 것이다. 하지만 지금 다식이 가야 하는 곳은 확실하다. 상미를 마지막으로 확인한 지점에서 2킬로미터 떨어진 그곳, 바로 점장의 집 앞으로.

◆

 차가운 어둠이 2월의 끝을 붙잡고 있는 골목길. 다식은 점장의 집 앞을 지키고 있다. 빨간 벽돌 주택들이 늘어선 성수동의 단독주택 골목. 점장의 집이 잘 보이는 곳에 자리 잡은 후 소변도 생수통에 해결하며 다식은 한시도 눈을 떼지 않고 있다. 상미가 이곳에 없다는 것은 확실했다.

 환하게 불 밝힌 2층집 앞. 점장은 또각거리는 킬힐을 신은 채 7시가 조금 넘은 시각에 집으로 들어갔다. 다식은 아무 일도 일어나지 않는 이 순간이 언제까지나 유지되기를 바랐다. 상미를 찾고 싶으면서도, 이곳에 상미가 나타나지 않기를 염원했다. 이대로 아침이 되고, 허탕 친 잠복 형사가 꾀죄죄한 행색으로 집에 돌아가면 상미가 아무 일도 겪지 않고 아무 일도 하지 않은 사람의 얼굴로 아빠를 맞아주면 좋겠다고 생각했다.

 수사팀은 이쪽으로 오지 않았다. 나올 때의 상황으로 짐작하건대, 상미가 다음 타깃으로 할 만한 유력한 부자들 근처에서 잠복을 시작했을 것이다. 부자에 대한 증오범죄? 다식은 "웃기지도 않는 소리."라고 혼잣말을 내뱉었다. 증오는 그런 게 아니야. 세상이 잘못 돌아가고 있어도 우린 바로 옆 사람을 증오해.

 솔직히 증오를 받아야 할 사람은 가진 자들만이 아니다. 그 밑에도 수두룩하다. 여기, 몇 걸음 만에도 닿을 수 있는 이곳에도 하나 있다. 유미경 점장은 고작 직장 상사라는 이유로 부하 직원을 아무렇게나 쓰고, 모욕을 주었다. 정글 같은 사회에 굳은살도 없이 맨발로 들어온 사회 초년생에게, 애로사항을 해결해 주지는 못할망정 그깟 것도 권력이라고 갑질이나 해대는 저 여자가 진짜 증오받아야 할 사람이다. 상미도 알고 나도 아는 걸, 사람들은 모르는 걸까.

그때였다. 스으윽 스윽. 스으윽 스윽.

소리가 시작되었다. 그 소리였다. 상미의 소리이자 다식 자신의 소리. 신발이 땅의 거친 면에 부대끼며 밑창이 갈려 나가는 마찰음, 하루를 일해 하루 살 돈을 쥐는 이들의 쳇바퀴 굴러가는 효과음. 얼마나 지쳤으면, 얼마나 쉬고 싶었으면, 얼마나 괴로웠으면, 하고 이해하고 싶다가도 어디서부터 시작해 끝은 어디일까 짐작이 되지 않아 두려운 소리. 다식은 차에서 내려 골목 끝부터 끝까지 둘러보았다. 아무도 없다. 스으윽 스윽. 귀가 간지럽다 못해 아플 지경이다. 어디서 나는 소리일까? 커졌다, 작아졌다, 다시 커진 소리는 다식이 움직이는 방향에서 멀어졌다 또 가까워졌다.

스으윽 스윽. 소리는 점장의 집 안으로 들어갔다. 다식은 온몸으로 그것을 느낄 수 있었다. 파, 하고 집 안팎의 모든 불이 꺼졌다. 0.1초에 가까운 짧은 순간 일어난 일이었다. 대문살 사이로 눈을 바짝 대고 안을 살폈다. 구름에 가린 달빛에 의지해 겨우 마당의 실루엣이 드러났다. 바람 한 점 없는 작은 마당. 성긴 잡초들이 뉘었다가 섰고, 그다음 조금 앞에 있는 잡초들이 뉘었다 섰다. 그 모양은 흡사 성큼 걸어가는 발자국이었다. 스으윽 탁, 스으윽 탁 계단을 오른 소리는 현관문 앞에서 멈춰 섰다.

 소리는 안으로 들어갔다. 다식은 담을 넘었다. 현관문은 잠겼고, 베란다 샷시는 꿈쩍도 하지 않는데 다행히 뒤편 부엌 쪽으로 난 곁문이 잠겨 있지 않았다. 온통 컴컴한 실내를 더듬어 스위치를 찾았지만 불은 켜지지 않았다. 휴대폰 불빛에 의지해 드문드문 실루엣을 파악하는 동안, 내부는 고요했고 다식의 발소리만 들렸다. 마치 다식이 집착하는 그 소리라는 게, 원래부터 다식이 만들어낸 소리인 것처럼.

 현관문 유리로 들어오는 달빛에 무언가 반짝였다. 화려한 큐빅과 스팽글 장식으로 휘감긴 점장의 킬힐이었다. 다식은 손을 뻗었다. 갑자기 그걸 움켜쥐어 보고 싶었다. 누군가의 위에 올라설 수 있다는 게 어떤 기분일지 느껴보고 싶어졌다. 그것에 다가가 매끈한 호사의 감각을 손에 넣었을 때 철컥, 2층에서 문 닫히는 소리가 들렸다.

 계단을 성큼성큼 뛰어 올라갔다. 굳게 잠긴 방문 안에서 다시 소리가 시작되었다. 스으윽 스윽. 그와 함께 새로운 소리가 새어 나왔다. 무거운 물체가 바닥에 충돌할 때 나는 둔탁한 울림, 팔과 다리의 퍼덕거림, 성대가 눌려 거칠게 새어 나오는 호흡, 굉음과 신음을 넘나드는 기이한 소리.

 "상미야! 그만해! 안 돼! 하지 마! 이 문 좀 열어 봐! 응? 상미야!"

팔과 어깨와 등으로 방문을 힘껏 밀어붙였다. 꿈쩍도 하지 않는 문 앞에서 다식은 소리들에 호소했다. 상미야, 넌 하지 마, 아빠가 다 해결할 수 있어! 다식의 목소리가 높아지는 만큼 소리도 커졌다. 스으윽 스윽. 소리는 하나가 아니었다. 희미한 여럿의 소리가 합쳐진 것 같았다. 여럿의 소리는 바닥을 울리고 벽을 때리며 으득거리고 바득거리다 철썩 내려앉은 여자의 신음과 합쳐졌다. 고통이 소리가 된다면 이런 것일까.

다식의 어깨가 부서져 나갈 즈음 방문이 우직, 하고 부서졌다.

더듬더듬 동굴의 벽을 짚어가듯 다식은 어둠 속으로 들어갔다. 정적 속에, 다시 소리가 시작됐다. 스으윽 스윽. 스으윽 스윽. 다식의 발걸음에 스으윽 소리가 맞아들어갔다. 침대 옆에 쓰러진 점장이 보였다. 거칠어진 다식의 숨에 스으윽 소리가 없혔다. 점장은 바로 누워 있었고 양팔은 넓게 펼쳐졌다. 스으윽, 점장에게 다가가는 다식에게서 스으윽 소리가 났다.

점장은 눈을 감지 못한 채 양팔을 벌린 자세로 누워 있었고 온몸이 피투성이였다. 울컥거리며 세상을 나와 바닥을 적시는 선연한 핏빛. 그러나 그와 대조적으로 하얀 빛을 내는 것이 있었다.

점장의 양손에 하얀 흰 장갑이 끼워져 있었다. 창으로 드리운 달빛에 선명히 드러난 하얀색 면장갑이 반짝였다. 아니, 그 위에 더 반짝이는 것이 있었다. 흰 장갑이 움켜쥔 것. 화려한 큐빅과 스팽글 장식으로 휘감긴 구두의 뒷굽이, 흰 장갑 가운데 깊숙이 박혀서도 영롱하게 빛나는 가느다란 킬힐이, 눈이 부시게 반짝였다.

스으윽 다리가 풀렸다. 힘없이 풀썩 주저앉으면서도 다식은 거기서 눈을 뗄 수가 없었다. 점장의 새하얀 손을 향해 손을 뻗은 채 스으윽 스윽 소리를 내며 바닥을 기었다. 살점 하나 튀어 오르지 않고 깨끗하게 뚫어 버린 킬힐의 가는 곡선과 맑은 광채. 그런데 그 위에 다른 것이 어른거렸다. 구두와 함께 살랑살랑, 춤을 추듯이 어른거렸다. 구두를 신고 높아진 그것이, 신이 난 듯 폴짝거리며 어른거렸다.

다식은 질끈 눈을 감았다. 그 발은, 그를 닮았다.

작가의 한마디

어떤 소리는 조용히, 그러나 끝내 귓가를 떠나지 않는다.
이 이야기도 그런 소리였기를 바란다.

귀신이 오는 낮

ⓒ 김이삭, 배명은, 이규락, 전효원, 오승현, 2025

1판 1쇄 인쇄 2025년 8월 4일
1판 1쇄 발행 2025년 8월 15일

지은이 김이삭, 배명은, 이규락, 전효원, 오승현

발행인 김지아
표지 및 본문 디자인 Misoso

펴낸 곳 구픽
출판등록 2015년 7월 1일 제2015-27호
주소 서울시 광진구 동일로 459, 1102호
전화 02-491-0121
팩스 02-6919-1351
이메일 guzma@naver.com
홈페이지 www.gufic.co.kr

ISBN 979-11-93367-15-5 03810

※ 이 책은 구픽이 저자와의 계약에 따라 발행한 것이므로 본사의 서면 허락 없이는 어떠한 형태나 수단으로도 이 책의 내용을 이용하지 못합니다.
※ 책값은 뒤표지에 있습니다.